Jan Flieger
wurde 1941 in Berlin geboren. Er erwarb einen Abschluss als Diplom-Wirtschaftsingenieur und arbeitet heute als Pressesprecher in Leipzig. Der vielseitige Autor schreibt sowohl Krimis für Erwachsene als auch Kinder- und Jugendbücher. Für seine Jugendbücher erhielt er den Theodor-Körner-Preis.

Jan Flieger

CLUB PARADISO

Flucht aus Montecastello

SCHNEIDER BUCH

Die Deutsche Bibliothek – CIP-Einheitsaufnahme

Club Paradiso. – München : Egmont Schneider

Bd. 5. Flucht aus Montecastello / Jan Flieger. – 2000
ISBN 3-505-11194-5

Dieses Buch wurde auf chlorfreies, umweltfreundlich hergestelltes Papier gedruckt. Es entspricht den neuen Rechtschreibregeln.

Der Schneider Verlag im Internet:
http://www.schneiderbuch.de

Nach einer Idee von Michael Czernich
Lektorat: Iris Praël
Umschlaggestaltung: Lüders & Baran, München
Titelbild: Thomas Thiemeyer
Herstellung/Satz: FIBO Lichtsatz GmbH, Unterhaching
Schrift: 11˙ Aldus
Druck: Presse-Druck, Augsburg
Bindung: Conzella Urban Meister, München-Dornach
ISBN 3-505-11194-5

00 01 / 8 7 6 5 4 3 2 1

INHALT

IM LAND DER BURGEN

Marko verglich seine Armbanduhr mit der Zeitanzeige am Flughafen. „Hier in Pisa gehen die Uhren richtig", stellte er überrascht fest. „Auf die Sekunde genau."

„Spinner", sagte Jennifer. „Warum sollen sie denn hier anders gehen?"

„Da kommt Tante Andrea", rief Marko. Die sportliche junge Frau mit dem roten Haar war nicht zu übersehen.

„Willkommen in der Toskana!", sagte sie fröhlich und umarmte ihre Patenkinder. „Wie war der Flug?"

„Cool", erwiderte Marko. „Sonne und Wolken."

„Ha, ha, ha", höhnte Jennifer. „Das kann er gar nicht wissen. Er hat nämlich die ganze

Zeit über gepennt! – Es gab aber eine wirklich tolle Sicht. Mir tun bloß immer beim Landen die Ohren weh."

Andrea strich Jennifer über den Kopf. „Ach, du Arme. Soll ich deine Tasche nehmen?"

„Quatsch", erwiderte das Mädchen. Sie hielt sich die Nase zu und presste Luft in die Nasenlöcher, bis sie ein befreiendes Knacken in den Ohren spürte. „Bin wieder okay", stellte sie dann fest und folgte Andrea durch das Menschengewimmel in der Ankunftshalle.

„Heute ist hier wohl Großkampftag", knurrte Marko, der gerade von einem dicken Mann angerempelt worden war und ihm wütend nachschaute.

Draußen empfanden die Neuankömmlinge die Hitze als äußerst drückend.

„Ich fahre so mit euch, dass ihr gleich einen Eindruck von der Toskana kriegt", schlug Andrea im Auto vor. „Aber keine Angst. Wir haben eine Klimaanlage!"

„Total super", kam es von Jennifer, die ihren Fotoapparat aus dem Rucksack nahm und ihn griffbereit auf den Schoß legte.

Marko schnaubte genervt. „Oje, jetzt halten wir bestimmt an jedem Aussichtspunkt!"

„Nein, nein", beruhigte ihn Andrea. „Aber ab und zu können wir doch wohl halten? Die Schnellstraße allein ist nun wirklich langweilig."

Marko winkte ab und schob dann die Hände tief in die Hosentaschen. „Mir ist mehr nach Baden als nach Sightseeing", maulte er, verstummte aber dann.

Pisa ließen sie schnell hinter sich. Nun, meinte Andrea, käme „Toskana pur". Blassgrüne Olivenhaine wechselten mit dunkelgrünen Weinhängen. Auf fernen Anhöhen sahen sie immer wieder ländliche Villen oder einsame Gutshäuser mit Scheunen und Tennen, umstanden von schlanken Zypressen.

Jennifer war ganz begeistert von der Landschaft und hatte schon einen halben

Film leer geknipst, bevor sie den Club erreicht hatten. Er lag zwischen San Vinceno und Populonia, direkt am Meer. Andrea fuhr in die große Anlage hinein, bis zu einem großen, baumbeschatteten Parkplatz, wo sie den Wagen stoppte.

„Gepäck fassen, die Herrschaften!", rief sie. „Ich bitte, mir zu folgen."

DANIA

„Wir haben ein Doppelzimmer und eine große Terrasse“, sagte Andrea. „Natürlich mit Deckenventilator und Direktwahltelefon. Aber das braucht ihr ja nicht. Ihr habt mit Sicherheit ein Handy mitgebracht?“

„Logo“, bestätigte Jennifer.

Sie folgten Andrea, bis sie, eingerahmt von Pinien, die weißen Quartiere sahen; sie hatten im Wechsel mal ein, mal zwei Geschosse.

In ihrem Zimmer standen zwei Liegen nebeneinander.

„Gut für Kissenschlachten“, freute sich Jennifer.

Marko stöhnte genervt. „Ich will meine Ruhe“, schimpfte er. „Auf Kissenschlachten fahren doch nur kleine Mädchen ab.“

Jennifer ließ sich unbeeindruckt auf eine Liege plumpsen. „Wow“, rief sie. „Superweich.“

Marko stellte seine Tasche ab und sah sich im Raum um. „Schon okay“, murmelte er. Das Zimmer war, da die Gardinen aufgezogen waren, sehr hell. Zwei Korbsessel standen da, ein runder Tisch und ein Schrank.

„Hier hab ich einen Plan“, sagte Andrea. „Mit seiner Hilfe könnt ihr euch die ganze Anlage ganz allein erobern! Hier seht ihr alles: den Strand, den Pinienwald, die Wohnanlagen, den Pool, den Club für Kinder und Kids, wo auch eure Gruppe, die Seeteufel, sich trifft, und die Sportstätten.“ Ihre Finger wanderten über die Karte, als sie weitersprach. „Dreizehn Hartplätze für Tennis, ein großes Schachbrett, Möglichkeiten zum Bogenschießen, Tauchen, Surfen, eine Einradschule, Fußball, Golf, Volleyball, eine Bike-Station und ein Basketball-Court. Ihr seht, Sportsfreunde, ihr könnt euch rund um die Uhr beschäftigen! Ich lass euch da alle Freiheiten. Und Ausflüge gibt es auch, da sind tolle Sachen dabei."

„Super!", frohlockte Jennifer. „Ich fang mit dem Surfen an. Bin ja noch Anfängerin. Marko ist ja schon Profi seit Dänemark."

Anschließend bummelten Jennifer und Marko einfach herum. Sie begannen erst einmal mit dem Strand, der sanft zum Wasser hin abfiel.

„Ein Superstrand", lobte Marko.

Sie gingen wieder zurück, durch einen Pinienwald und eine blumenreiche Parkanlage mit vielen schattigen Liegeplätzen. Zwecks Erfrischung tauchten sie in das glasklare Wasser des Pools, der nahezu leer war. Marko kraulte zwei Bahnen und kletterte schnaufend wieder heraus. „Echt cool", keuchte er. „Die Oldies pennen alle auf den Liegen."

„Läuft alles super an", erwiderte Jennifer, die rundum zufrieden war. „Aber Reiten kann man hier wohl nicht. Das ist das Einzige, was mir abgeht."

Marko winkte ab. „Die Pferde finden dich sowieso zum Wiehern."

„Du Doof!", zischte Jennifer.

Marko griente nur. „Nicht einschnappen, Gnädigste."

Dann liehen sie sich Mountainbikes aus und erkundeten die nähere Umgebung des Clubs. Dabei entdeckten sie ein großzügiges Grundstück mit einer Villa. Vor der Einfahrt stand ein weißer Mercedes.

„Ein echter Luxusschlitten", meinte Marko anerkennend, der sein Fahrrad neben dem Auto stoppte. „Das Teil muss nagelneu sein." Dann lachte er. „Aber schau, der Stern fehlt schon!"

„Klick", machte Jennifers Fotoapparat.

„Du lichtest aber auch wirklich alles ab", brummte Marko. „Als ob's bei uns daheim keine Autos gäbe!"

„Neandertaler vor Nobelkarosse", gab Jennifer spitz zurück. „Gute Bildunterschrift."

„Fahren wir zurück", schlug Marko vor.

„Ich hab einen Termin beim Beachvolleyball."

Wieder im Club angekommen, schlenderten sie zum Strand, wo ein Volleyballmatch angesetzt war. Marko befand sich dort ganz in seinem Element. Trotzdem kam er recht schnell ins Schwitzen.

Während Marko sich verausgabte, schlenderte Jennifer zur Golfanlage. Sie schaute ein wenig zu, um dann einen Abstecher zum Bogenschießen zu machen, ehe sie wieder zum Pool trabte. Eine Erfrischung würde jetzt gut tun; mit einem Kopfsprung tauchte sie ins kühle Nass. Nach dem Schwimmen fand sie eine freie Liege und räkelte sich in der Sonne. Faul döste sie vor sich hin. Noch hatte sie keine Ahnung, dass es mit der Ruhe bald vorbei sein würde ...

Während des Volleyballspiels war Marko das Mädchen schon aufgefallen. Es hatte lange schwarze Haare und trug ein knallrotes T-Shirt. Aufmerksam hatte sie das Match verfolgt. Nun erhob sie sich vom Rasen, um davonzuschlendern. Marko beeilte sich, ihr zu folgen.

„Hi", grüßte er und blickte in zwei große braune Augen. Das Mädchen lächelte ihn an.

„Ich bin Marko", sagte er.

„Dania", stellte sich das Mädchen knapp vor.

„Auch hier im Urlaub?", wollte Marko wissen.

Dania schüttelte den Kopf. „Meine Mutter arbeitet im Club. Ich bin Italienerin."

„Und kannst so prima Deutsch?", wunderte sich Marko.

Das Mädchen lächelte geschmeichelt. „Mein Onkel hat zwanzig Jahre in Deutschland gearbeitet. Und außerdem ist Deutsch in der Schule mein Lieblingsfach."

Volltreffer!, dachte Marko. Die finde ich total nett.

„Spielst echt gut", lobte das Mädchen. „Ich kann das einschätzen, ich spiele selbst auch."

„Man tut, was man kann", entgegnete er betont lässig. Nervös rückte er mit zwei Fingern seine dunkle Sonnenbrille zurecht.

Das Mädchen lächelte freundlich.

„Toller Club hier", sagte Marko, weil ihm im Moment nichts Gescheiteres einfiel.

Das Mädchen nickte.

„Kommst du mit zum Wasser?", fragte er vorsichtig.

Dania schien unentschlossen.

„Hast du Badesachen mit?" Marko ließ nicht locker.

„Den Badeanzug habe ich schon druntergezogen."

„Na ja, dann können wir gleich losschwimmen."

Sie schlenderten nebeneinander her bis zum Strand.

„Bist du jeden Tag hier?", fragte Marko.

Dania nickte. „Wenn ich will", ergänzte sie.

„Ich bin morgen beim Surfen", sagte er. „Kommst du hin?"

Dania überlegte kurz, versprach aber dann doch zu kommen.

Marko war beeindruckt, wie fantastisch Dania schwimmen konnte. Sie kraulte voran und er hatte Mühe mitzuhalten.

„Heute Abend ist Karaoke", sagte er, als sie nebeneinander am Strand lagen. „Kommst du auch?"

„Mal sehen", sagte Dania.

Das klingt ja schon mal total gut, dachte Marko.

Es war schon 23 Uhr. Marko, Jennifer und Dania spielten Karten auf der Terrasse vor ihrem Quartier, als Andrea plötzlich hinter ihnen stand.

„Ich wollte doch mal nach den Herrschaften schauen. Sonst vergesse ich noch, wie ihr ausseht. Heute war wirklich ein *hard working day*!"

Marko grinste Andrea an. „Uns geht's super."

„Seh ich", erwiderte Andrea.

„Was Neues?", fragte Jennifer.

„Und ob! Autoklau", sagte Andrea. „Nobelkarossen. Hier in der Gegend passiert das in letzter Zeit immer öfter. Ein schwarzer Porsche Carrera ist verschwunden, ein roter Ferrari, ein BMW-Cabriolet. Und bei uns in der Nähe ein Mercedes."

„Wo?", fragten Jennifer und Marko wie aus einem Mund.

„Vor der Villa nebenan ist das Auto gestohlen worden. Ein weißer Wagen. Es ist eine hohe Belohnung ausgesetzt."

„Den hab ich doch noch fotografiert!", platzte Jennifer heraus.

„Na, ich muss leider schon wieder los", verabschiedete sich Andrea und rauschte davon.

„Spielen wir nun weiter?", maulte Marko.

Dania legte den Finger an die Nase. „Mir fällt da was ein ... Wenn der Film entwickelt ist und wir das Foto haben ..."

„Ja?", fragte Jennifer interessiert.

„Wisst ihr", sagte Dania langsam, „meine

Oma ist Wahrsagerin. Wenn wir der das Foto mit dem Auto geben ... Vielleicht kann die uns einen Tipp geben. Wenn wir die Autodiebe finden, kriegen wir die Belohnung. Meine Oma ist wirklich professionell, sie macht keinen Humbug. Die hat sogar schon mal der Polizei in einem Entführungsfall geholfen."

„Cool", ließ sich Jennifer vernehmen.

Marko lachte abfällig. „Ihr glaubt wohl auch noch an den Weihnachtsmann?"

„Du Miesmacher!", motzte ihn Jennifer an. „Warum sollen wir es nicht versuchen?" Ihre Augen funkelten zornig.

„Flipp doch nicht gleich aus, Schwesterchen", beruhigte sie der Bruder. „Bin ja dabei." Dann wandte er sich an Dania. „Wo wohnt denn deine Oma?", fragte er Dania gönnerhaft.

„Am Amiata."

„Was ist denn das? Ein See?"

„Ein hoher Berg. Der höchste hier in der Gegend. Dort gibt es viele romantische

Bergdörfer. Viele Touristen kommen nie in dieses Gebiet, weil sie nur baden wollen." Dania strahlte Jennifer an. „Und fotografieren kann man da ... Wir machen eine Spritztour um den ganzen Amiata und fahren dann zu meiner Oma. Okay?"

Jennifer spitzte die Ohren. „Aber wie kommen wir dorthin?"

„Mein Onkel Benito. Der ist doch Rentner und hat Zeit. Außerdem besitzt er ein Auto. Ich bettle eben so lange, bis er uns fährt."

„Super", jubelte Jennifer. „Fahren wir gleich übermorgen? Ich lass den Film express entwickeln. Morgen hab ich die Bilder!"

„Ich muss erst Benito fragen", sagte Dania. Aber von mir aus kann's jederzeit losgehen! Ich hab alle Zeit der Welt." Dania sah Marko an.

Der tat noch immer uninteressiert und schaltete nun seinen Walkman an.

„Hey!", stieß ihn Jennifer an. „Ehe du völlig wegdrehst, kommst du mit? Wird bestimmt interessant."

„Für deinen Fotoapparat", erwiderte Marko. „Na ja, ich bin kein Spielverderber. Morgen machst du doch erst mal den Einsteigerkurs im Surf-Camp. Da ist der Tag für dich ausgebucht. Theorie, Segel aufholen, Starten, Drehen, Steuern. Das reicht." Und er dachte schwärmerisch an Dänemark: den Wind in den Händen, das Brett beherrschen, über das Wasser fliegen und mit den Wellen spielen. Super! Das war sicher besser, als eine Wahrsagerin zu besuchen, die den Leuten nur dummes Zeug einredete. Dass sich seine Schwester von so was beeindrucken ließ!

Benito, der Mann mit dem imposanten Schnauzbart und den freundlichen Augen, holte die Freunde pünktlich beim Club ab. Er nahm zunächst die Schnellstraße, wechselte dann auf die Landstraße, wo sie schon dem gewaltigen Bergmassiv entgegenfuhren. In der Ferne erschien ein hoher Berg und auf einem tiefer gelegenen Vulkankegel erhob sich ein Turm.

„Der große Berg ist der Monte Amiata", erklärte Dania. „Früher war er mal ein Vulkan."

Die Berge, die sie vom Auto aus sahen, waren von Kastanien- und Buchenwäldern bedeckt. Bergdörfer wuchsen in einer Höhe von fast fünfhundert Metern aus den Felsplatten.

Als der Monte Amiata schon dicht vor ihnen lag, überholte sie plötzlich ein roter Porsche. Am Steuer saß ein schwarz gelockter Italiener. Er hinterließ eine lange Staubfahne auf der trockenen Straße. Kurz darauf raste ein schnittiges Sportcoupé an ihnen vorbei.

„Ein Masarati", erklärte Benito. „Hat einen Achtzylindermotor mit 370 PS. Spitzengeschwindigkeit: 280 km in der Stunde. Ist ein toller Schlitten. Und kostet ein Vermögen."

Sie fuhren weiter, bis Dania rief: „Dort wollen wir hin!", und nach oben wies. Hoch auf einer Bergspitze lag ein Dorf. Wie ein erhobener Zeigefinger ragte eine Turmspitze aus ihm hervor. Die Straße führte in Windungen hinauf.

Danias Onkel grinste Jennifer an. „Wir können erst wieder am Parkplatz vor dem Dorf halten."

Jennifer war enttäuscht. Auf dem Weg hätte sie sensationelle Fotos schießen können!

Das Dorf selbst war früher sicher durch die schroffen Abhänge geschützt gewesen. Die Häuser standen dicht an dicht und wirkten wie eine Mauer mit Fenstern.

Danias Onkel fuhr am Rand des Ortes entlang bis auf einen kleinen Parkplatz, wo er nur mit Mühe einen Platz fand. Jennifer hob den Fotoapparat. „Ein Parkplatz und dahinter die alten Häuser. Ein tolles Motiv."

Benito grinste und massierte seinen Schnauzbart. Sie betraten das Dorf, und Dania lief leichtfüßig und schnell voran, durch verwinkelte enge Gässchen, in denen viele alte Frauen vor den Häusern saßen und sich unterhielten. Dania grüßte alle freundlich – offenbar war sie im Dorf gut bekannt.

Sie betraten ein schmales, zweistöckiges Haus ganz am Rande des Dorfes. Dania umarmte eine alte Frau mit pechschwarzen Augen und weißem Haar.

„Das ist meine Großmutter", sagte sie stolz.

Die alte Dame grüßte Marko und Jennifer freundlich, als seien sie alte Bekannte. Weiße Bohnen habe sie gerade auf dem Herd, sagte sie, und sie könnten alle gemeinsam essen.

„Schmeckt super", mümmelte Marko mit vollem Mund, als sie am Tisch saßen.

Nach dem Essen rückte Dania mit dem eigentlichen Anliegen ihres Besuches heraus.

„Ach, Kindchen", sagte die Großmutter kopfschüttelnd, willigte aber ein, ihnen zu helfen. Sorgsam schloss sie die Fensterläden. Das Zimmer erhielt so nur noch wenig Tageslicht. Dann ging sie in die Küche, und die Freunde hörten sie mit Töpfen hantieren.

„Jetzt kommen die Kräuter", flüsterte Dania aufgeregt.

Marko konnte ein Grinsen nicht unterdrücken, als die alte Dame zurückkam. Sie trug eine braune Schale, aus der seltsam riechende Dämpfe aufstiegen. Behutsam stellte sie die Schale auf den Wohnzimmertisch, hielt den Kopf darüber und atmete die Dämpfe ein.

„Sie hat wohl eine Erkältung", begann Marko zu spotten, schwieg aber sofort artig, als Dania ihm einen bösen Blick zuwarf.

Ihre Großmutter saß minutenlang reglos da. Jennifer beobachtete sie beeindruckt. Das Bild des Autos lag neben der Schale, und die Finger der alten Frau glitten über das Foto und ruhten schließlich darauf. Noch immer schwieg sie.

Dann begann sie auf einmal zu sprechen, leise und gedehnt. Danias Gesichtszüge erstarrten, sie lauschte mit offenem Mund.

„Was sagt sie?", flüsterte Jennifer ungeduldig.

Dania legte einen Finger auf den Mund. Die Großmutter lehnte sich erschöpft zurück, mit geschlossenen Augen saß sie auf dem Stuhl.

„Was ist denn?“, drängte Jennifer erneut.

„Sie hat das Auto gesehen“, sagte Dania.

„Und wo?“, wollte Marko wissen.

„Sie hat erst das Auto gesehen“, sagte Dania. „Aber dann hat sie alles nur noch verschwommen wahrgenommen – Wagen, Felsen und Häuser. Und plötzlich war das Auto weg. Und einen Turm hat sie noch erkennen können. Auf einem Hügel.“

„Na, prima“, witzelte Marko. „Nun sind wir ganz schlau. Ach, diese Wahrsagerei ist doch total unzuverlässig. Wir dürfen uns nur auf unseren eigenen Spürsinn verlassen. Unser Ausflug heute war leider ganz umsonst!“

„Der Ausflug war doch Spitze“, erwiderte Jennifer strahlend.

Marko stöhnte genervt. „Hast wohl schon wieder 'nen Film voll geknipst?“

„Na und", kam es spitz von Jennifer. „Morgen lass ich ihn schon entwickeln. Andrea hat ja beste Beziehungen."

EINE ÜBERRASCHENDE SPUR

Marko räkelte sich auf einer Liege am Pool. Nach vier Bahnen Kraulen genoss er die wohlverdiente Ruhe.

Die Sonne brannte heiß vom Himmel herab. Aber er hatte ja seine tolle Gletscherbrille und die Baseballkappe als Schutz.

Eine gelbbraune Katze strich an ihm vorbei und schnupperte an den Fingern seiner rechten Hand.

„Hey“, lockte Marko und begann die Katze zu streicheln. Das Tier schnurrte und legte sich auf den Rücken. „Kraul mir den Bauch“, sollte das wohl heißen. Als Marko ihr den Gefallen tat, wurde das Schnurren noch lauter. Wie der Kater im Fernsehen, dachte Marko.

Plötzlich zuckte die Katze zusammen und

sauste davon, denn Jennifer ließ sich neben seiner Liege ins Gras fallen. „Die Fotos!", sagte sie stolz und schwenkte eine Tüte.

„Gähn", erwiderte Marko, griff aber doch nach den Bildern.

„Schöne Landschaften", lobte sich Jennifer selbst. „Alles Spitzenfotos."

Gelangweilt betrachtete Marko die Bilder. Fotografieren war eben nicht seine Welt. Da erkannte er auf einem der Bilder den Parkplatz vor dem Dorf, in dem Danias Oma wohnte. Plötzlich stutzte er, seine Augen verengten sich zu Schlitzen.

„Was ist denn?", wollte Jennifer wissen.

Aber Marko antwortete ihr nicht, starrte nur nachdenklich auf das Foto. Zwischen den parkenden Autos stand ein offenbar neuer, dunkelblauer Mercedes. Und in diesen Schlitten stieg ein Mann ein. Es war derselbe Mann, der sie in einem Porsche überholt hatte! Da gab es keinen Zweifel! Warum war er ihm nicht aufgefallen? Marko hatte im entscheidenden Augenblick den

Parkplatz nicht beachtet, und der Mann war Jennifer zufällig auf das Foto gekommen, als sie die Häuser des Dorfes aus der Ferne hatte fotografieren wollen.

„Was ist denn nun?", fragte Jennifer.

„Der gleiche Typ", überlegte Marko laut, „aber zwei verschiedene Autos. Und immer Nobelschlitten. Das ist eigenartig. Wir müssen noch mal zu Danias Oma."

„Warum?"

Marko stöhnte auf. „Jenny, der Mann könnte doch solche Autos klauen!"

„Du hast mal wieder eine blühende Fantasie", witzelte Jennifer. „Zu viel Krimis geguckt."

Doch nach ein paar Minuten des Nachdenkens gab sie zu: „An deinem Verdacht ist vielleicht was dran. Wir reden mal mit Dania."

Marko grinste. „Du brauchst Benito doch nur anzustrahlen, dann fährt er uns doch überall hin!"

„Sehr witzig", brummte Jennifer.

Dania blickte auf das Foto und ihre Augen folgten Markos Finger, der auf das Auto deutete.

„Das ist ein Mercedes", stellte sie unbeeindruckt fest.

„Na toll, das haben wir auch schon gecheckt", spöttelte Marko. „Und er sieht sogar neu aus!"

„Woran erkennst du das?", erkundigte sich Dania.

Marko seufzte. „Sieht man eben als Fachmann. Neu oder frisch lackiert."

„Stimmt", pflichtete Dania bei. „Aber warum soll nicht ein Typ in einem neuen Auto ins Dorf fahren?"

„Mamma mia!", entfuhr es Marko. „Die Geschichte ist doch eigenartig. Da fährt so ein junger Mann gleich *zwei* Nobelschlitten. Wenn der nicht aus dem Dorf ist oder ein Bekannter, dann wird es interessant."

„Mhm", machte Dania. So ganz begriff sie Markos Verdacht nicht, aber sie wollte den Geschwistern trotzdem einen Gefallen tun.

„Ich frag Benito“, sagte sie. „Der fährt uns schon.“

„Klasse!“, triumphierte Jennifer, die sofort an ihren Fotoapparat dachte.

„Der bleibt zu Hause“, platzte Marko heraus und bewies so, dass er Jennifers Gedanken lesen konnte. „Wollen wir morgen nach dem Surfen fahren?“, schlug er vor.

Dania nickte. „Da ist es zwar kochend heiß. Aber wenn du meinst!“

Danias Großmutter strahlte, als sie die Tür öffnete und ihre Enkelin mit Benito, Marko und Jennifer erblickte.

„Ihr seid es! Kommt nur rein. Was für eine schöne Überraschung! Dania, dass ich dich so schnell wieder sehe! Aber die Karten haben mir tatsächlich für heute etwas Besonderes versprochen.“

„Bin ich was Besonderes?“, fragte Dania lachend.

„Und ob, Kind“, versicherte die Großmutter.

Dann setzten sie sich alle an den großen Tisch in der Küche, auf dem eine Schale mit frischem Obst stand.

„Greift zu!", lud sie die Großmutter ein.

Dania zog die Fotos aus der Tasche und reichte ihrer Oma das oberste, auf dem der Lockenkopf zu sehen war.

„Kennst du den Mann, der in das Auto steigt?", fragte Dania.

Die Großmutter holte eine Brille und starrte auf das Bild.

„Den Mann, der einsteigt? Der mit den Locken?", wollte sie verwundert wissen.

„Ja."

Die Großmutter schüttelte den Kopf. „Der ist nicht aus unserem Dorf."

„Ist es einer, der manchmal zu Besuch kommt, ein Verwandter?"

„Nein", versicherte die Großmutter. „Dann würd ich ihn kennen. Der Mann hier ist mir völlig unbekannt. Hier kennt doch jeder jeden."

Dania übersetzte die Antworten ihrer

Großmutter, aber Jennifer und Marko hatten sie aus ihren Gesten schon abgelesen.

Marko glühten die Ohren. Sein Verdacht nahm Gestalt an. Der Krauskopf konnte Nobelschlitten klauen, sie in einem Bergdorf umspritzen lassen und die Wägen an festen Treffpunkten abholen. So fiel das Verbrechen nicht auf.

„Wir sind bestimmt einem Dieb auf der Spur", flüsterte er leise, und eine Falte erschien auf seiner Stirn.

Jennifer blickte noch immer skeptisch drein. „Das alles wäre ja ein wahnsinniger Zufall. Ehrlich. So viele Zufälle kann es einfach nicht geben."

„Das ist sicher kein Zufall", versicherte Marko. „Ihr hättet allein natürlich nichts bemerkt, weil ihr blind seid. Total blind. Ihr seid die reinsten Blindschleichen."

„Mr. Großkotz", witzelte Jennifer abfällig.

Die Großmutter blickte von einem zum anderen, dann fragte sie ungehalten: „Um was geht es hier eigentlich?“, wollte sie wissen. „Was ist mit dem Mann?“

„Er könnte ein Autodieb sein“, sagte Dania. „Aber es ist nur eine Vermutung.“ Sie wies auf Marko: „Er glaubt, dass es so ist, Großmama.“

„Frag sie, ob hier im Dorf eine Werkstatt ist, wo man Autos umspritzen lassen kann“, sagte Marko.

Dania redete auf ihre Großmutter ein.

Aber die schüttelte nur den Kopf. „Hier im Dorf? Das wüsste ich. Hier stiehlt keiner. Hier braucht man nicht mal seine Tür abzuschließen, wenn man aus dem Haus geht. Hier kennt jeder jeden genau.“

„Klaro. Fehlanzeige“, knurrte Marko enttäuscht. „Wär ja auch zu schön gewesen ... Da müssen wir eben alle anderen Bergdörfer absuchen.“

Dania lachte. „Weißt du eigentlich, wie viele solcher Dörfer es gibt? Die ganze Gegend hier ist voll davon!“

Marko zuckte mit den Schultern. „Wir arbeiten einfach Bergdorf für Bergdorf ab - stur nach der Landkarte. Da werden wir schon fündig. Ihr werdet sehen!"

Benito, der sich bis jetzt zurückgehalten hatte, sagte ernst: „Ich finde Markos Vorschlag gar nicht so schlecht. Aber die Suche können wir erst morgen beginnen, jetzt ist es schon zu spät."

Die Freunde verabschiedeten sich von der alten Dame und fuhren in den Club zurück.

DIE SUCHE

Danias Onkel kam am nächsten Morgen sehr früh in den Club, um die Freunde abzuholen. „Wir müssen viele Orte besuchen“, sagte er. „Da reicht ein Tag lange nicht aus.“

Marko musste noch im Auto weiteressen, weil er sein Frühstück nicht hatte beenden können.

Benito grinste. „Ihr frühstückt wohl sonst mittags?“

„Ist ja auch irre früh“, brummte Marko und rieb sich noch einen Rest Schlaf aus den Augen.

„Acht Uhr soll früh sein? Ich weiß ja nicht. Mamma mia!“

„In den Ferien kriegt Marko die Krise, wenn er früh los muss“, witzelte Jennifer.

„Blödfrau“, knurrte Marko sie an.

Sie die Hauptstraße weiter. Man kann das Gehöft mit der Werkstatt auf einem Hügel liegen sehen."

Benito sagte: „Na gut, Freunde. Da machen wir uns jetzt schleunigst auf die Socken."

Begeistert stiegen sie alle in sein Auto. Spannung war angesagt, Hochspannung. Wer würde das Gehöft zuerst entdecken?

Benito startete den Wagen und brauste los.

Der Fahrtwind wirbelte ihre Haare durcheinander. Nach einer Weile winkte Marko aufgeregt und deutete nach rechts.

„Was denn?", wollte Jennifer wissen.

Dania blickte verständnislos drein. Benito zuckte mit den Achseln.

„Ihr habt alle Tomaten auf den Augen!", rief Marko. „Da oben ist das Gehöft. Und zwei große Autos fahren gerade in seine Richtung."

Und wirklich: In der Ferne, auf einem Hügel aus Tuffgestein, thronte inmitten eines Feldes ein einzelnes Gehöft.

„Das könnte doch die Werkstatt sein", beharrte Marko.

Benito hielt an, und Jennifer und Dania, angesteckt von Markos Begeisterung, stiegen schnell aus.

„Die sehen uns doch kommen, wenn wir über das Feld laufen", warnte Jennifer.

„Mal wieder schlau wie Einstein", witzelte Marko und legte den Zeigefinger an die Nase. „Wir machen es nachts. Wenn es ganz dunkel ist. Ich rieche da förmlich eine Werkstatt mit Autodieben."

Jennifer blickte Benito flehend an.

„Na gut", brummte er. „Ich zeig euch bis dahin noch ein paar tolle Sachen. Aber ihr ruft bitte rasch Andrea an und sagt ihr, wo wir sind."

„Logo", flötete Jennifer und griff nach dem Handy. Andrea wirkte ziemlich gestresst, war aber froh, dass sie sich gemeldet hatten. Und schließlich waren sie alle bei Benito hervorragend aufgehoben, da hatte sie keine Sorge.

Den Rest des Tages verbrachten sie in Saturnia und badeten in den Thermalquellen.

Nach Einbruch der Dunkelheit fuhren sie zum Gehöft zurück. Der Mond, der nur als Sichel erschien, verbreitete ein fahles Licht.

„Ich weiß ja nicht, ob das gut ist, was ihr vorhabt“, brummte Benito. „Ich bleibe auf jeden Fall im Auto sitzen, damit wir im Notfall schnell abdüsen können.“

Marko, Jennifer und Dania kletterten die Felsen hinauf und liefen geduckt über das Feld dem Gehöft entgegen, das am Ende eines breiten Feldweges lag. Es war ein einstöckiges Haus, das sicher einmal bessere Tage gesehen hatte. An das Gebäude schloss sich eine Mauer an, die an manchen Stellen eingefallen war.

Sie erreichten die Mauer, kletterten hinauf. Da schoben sich plötzlich Wolken vor die Mondsichel.

„Mann, ist das dunkel“, flüsterte Jennifer.

Sie horchten in die Nacht hinein. Als ganz

plötzlich auf einem breiten Feldweg die Scheinwerfer von drei Autos sichtbar wurden und sich auf das Gehöft zubewegten, erschraken die drei ganz fürchterlich.

„Wir erwischen sie auf frischer Tat!", schwärmte Marko jedoch gleich wieder. „Das ist ein echter Hammer. Ich hatte wieder den richtigen Riecher."

„Das stinkt nach Eigenlob", gab Jennifer sauer zurück. Aber ihre Aufmerksamkeit richtete sich gleich wieder auf die Autos, die nun auf den Hof fuhren.

„Legt euch flach auf die Mauer", zischte Marko. „Die Typen haben die Autos bestimmt geklaut. Und vielleicht werden sie sie jetzt gleich lackieren. Und morgen ist ein blaues Auto rot und ein rotes blau und hat ein anderes Nummernschild."

Die Wagentüren wurden aufgerissen.

Dania deutete aufgeregt nach unten: Da stand, leise knurrend, eine riesige Dogge!

„Der Hund von Baskerville", meinte Marko mit seinem üblichen Galgenhumor.

„Jetzt sitzen wir in der Falle!", keuchte Dania. „Das Viech geht nicht weg. Gleich wird es bellen, und die Verbrecher entdecken uns."

Mist!, dachte Marko. Nur gut, dass Benito unten im Auto sitzt. So kann er sofort die Polizei holen, wenn wir nicht wiederkommen.

Die Dogge knurrte drohend. Dann sprang der Hund mit einem riesigen Satz an der Mauer hoch. Die Kinder hielten den Atem an.

„Er kommt nicht hoch bis zu uns", flüsterte Marko. „Keine Angst!" Aber er hatte trotzdem ein flaues Gefühl im Magen.

Die Wolken gaben den Mond wieder frei. Jetzt, dachte Jennifer, entdecken sie uns!

Da hörten sie fröhliche Stimmen, einzelne deutsche Worte waren deutlich zu hören, Kinder lachten.

„Das ist ja ein Ferienhaus!", rief Jennifer überrascht.

Der Hund knurrte noch immer und verharrte wie angewurzelt auf der Stelle.

„Wir müssen die Leute um Hilfe bitten", entschied Jennifer. „Denen gehört ja sicher der Hund. Sonst müssen wir bis morgen früh hier sitzen!"

„Hallo!", rief Marko in den Hof hinunter. „Wir können hier nicht runter. Bitte rufen Sie Ihren Hund zurück!"

Es waren drei deutsche Familien. Ein Mann pfiff, und der Riesenhund trottete gehorsam davon.

„Auf der Mauer sitzen Kinder", hörte man eine Frauenstimme sagen. „Sollen wir sie zu uns einladen?"

Als der Hund verschwunden war, kletterten Marko, Jennifer und Dania im Mondlicht vorsichtig die Felsen hinab und liefen, ohne sich den Leuten vorzustellen, zu Benitos Auto zurück.

„Für heute habe ich genug", schimpfte Marko, als er sich erschöpft auf den Beifahrersitz fallen ließ. „Wir haben uns ganz schön blamiert! Und morgen will ich ausschlafen. Alles klar, Schwesterherz?"

Jennifer grinste. „Mal sehen, was sich machen lässt."

„Wenn du mich weckst ...", drohte er, lachte dabei aber schon wieder.

Marko und Jennifer schliefen die ganze Rückfahrt. Erst, als Benito vor dem Club hielt, wachten sie auf. Bevor sie zu Bett gingen, meldeten sie sich bei Andrea zurück, die sichtlich froh war, die beiden wieder im Club Paradiso zu sehen.

EINE BÖSE ÜBERRASCHUNG

Es war Morgen. Ein Kissen flog gegen Markos Kopf. Wütend stieß er es zur Seite.

„Komm mit ins Wasser!", rief Jennifer fröhlich. „Noch vor dem Frühstück."

Marko gähnte benommen. „Ich wollte heute ausschlafen."

„Bitte", drängelte Jennifer. „Sei kein Schlaffi!"

„Keinen Bock, echt!"

Jennifer ließ nicht locker. „Komm! Kaltes Wasser ist gut für die kleinen grauen Zellen im Gehirn."

„Na, dann brauchst du's nötiger als ich", giftete Marko.

„Wir sollten erst baden und dann nachdenken, wie wir in unserem Fall weiterkommen", schlug Jennifer vor.

Marko begriff, dass er seine Schwester so schnell nicht losbekommen würde.

„Du bist so lästig wie eine Stechmücke", knurrte er. Aber in Wirklichkeit hatte er schon nachgegeben.

Jennifer erkannte, dass sie auf der Siegerstraße war. Sie zog ihn einfach hoch, zumindest versuchte sie es.

„Mann, bist du schwer! Du nimmst im Urlaub ganz schön zu", sagte sie bissig. „Du bewegst dich zu wenig. Pass bloß auf, bald bist du ein richtiger Fettsack."

„Du nervst", stöhnte Marko. Doch immerhin erhob er sich und ging gleich seine Badehose holen.

Jennifer gab ihm einen Kuss auf die Wange. „Ich wusste, dass du kein Schlaffi bist", triumphierte sie strahlend.

Das Frühstück war gerade beendet, da kam Dania ganz aufgeregt angerannt. „Benito hat eine ganz tolle Idee", platzte sie heraus. „Er wartet vor dem Club im Auto. Kommt!"

Und da stand wirklich Benitos Wagen. Fröhlich grinsend öffnete er die Beifahrertür. „Kommt nur alle rein."

Als sie saßen, räusperte er sich, ehe er zu sprechen begann. „Also, da hat mir einer was ganz Seltsames erzählt. Er hat mal ein Auto neu spritzen lassen. Spottbillig. In einer illegalen Werkstatt. Vor vielen Jahren. In so einem kleinen Nest. Er wusste nur nicht mehr genau, wo es war."

„Das könnte eine Spur sein!", meinte Jennifer. „Die haben dort vielleicht nicht genug verdient. Jetzt spritzen sie für viel mehr Geld eben gestohlene Nobelkarossen um. Das ist die Lösung!"

Marko nickte nachdenklich. „Aber an irgendetwas kann er sich doch wohl noch erinnern?", fragte er. „An ein Landschaftsmerkmal?"

„Mhm", machte Benito. „Hinter dem Dorf soll sich ein steiler Felsen mit der Ruine eines Kastells erheben. Und eine Festung sei in der Nähe. Ein paar Kilometer entfernt."

Benito strahlte übers ganze Gesicht. „Ich dachte erst, vielleicht würdet ihr lachen. Aber dann habe ich es mir überlegt. Es könnte was dran sein."

„Superidee", lobte ihn Marko noch einmal. Er blickte Benito an. „Und wo könnte das Kaff sein? Wie finden wir es?"

Benito rieb sich das Kinn. „Wenn ich so nachdenke, ist es wirklich schwer. Mir fällt da Pereta ein. Das Dorf ist wie eine Festung um eine Bergspitze gebaut. Dicht an dicht stehen die Häuser. In der Mitte des Dorfes gibt es außerdem einen hohen Turm."

Aber Jennifer blickte skeptisch drein. „Ich denke, es soll ein Kastell auf einem Felskegel sein? Und die Festung soll *hinter* dem Dorf liegen!"

„Na ja", meinte Benito. „Vielleicht hat er sich auch ein wenig geirrt. In der Erinnerung bringt man oft manches durcheinander, Pereta könnte es schon sein. Wartet, ich habe eine Karte da."

Er faltete die Karte auseinander. „Hier.

Dieses Dorf. Hier steht die Ruine eines Kastells auf einem Felsen. Und darunter liegt der Ort. Wenn dieser hübsche Felsen einmal wankt, sagt man dort, dann: ‚Adieu, mein liebes Dorf'."

„Aber in der Nähe muss noch eine Festung sein", beharrte Jennifer.

Benito nickte. „Ja, da ist auch eine. Sechs Kilometer weiter. Eine tolle Anlage. Gut erhalten. Ist ein Foto wert."

„Dann könnte er tatsächlich dieses Dorf gemeint haben", kombinierte Jennifer. „Alle Merkmale treffen darauf zu. Können wir morgen hin?"

Benito schüttelte den Kopf.

„Morgen bin ich unterwegs. Mit Dania. Und auch übermorgen. Wir sind bei Verwandten. Der Termin ist schon lange ausgemacht."

„Dann überübermorgen, ja?", drängte Jennifer. „Ja? Bitte, bitte, Benito."

„Gut", sagte Benito. Er konnte den Geschwistern einfach nichts abschlagen.

Später, nach ausgiebigem Baden, lagen Marko und Jennifer noch am Strand.

„Du, Marko ...“, begann Jennifer.

„Ja.“

„Was meinst du, sollen wir alleine nach Pereta trampen? Ganze zwei Tage möchte ich nicht warten.“

„Und du glaubst, Andrea erlaubt uns das so einfach?“

„Wir sagen ihr einfach nichts davon.“

„Find ich unfair.“

„Und wie sollen wir es sonst machen?“

Marko kratzte sich den Kopf. „Hast schon Recht. Und wenn dort nur 'ne stinknormale illegale Werkstatt ist?“

„Dann war es eben ein Versuch.“

„Mm“, brummte Marko.

Jennifer stupste ihn an. „Wir haben doch das Handy. Wir können Andrea ja jederzeit anrufen. Null Risiko. Und sie erreicht uns auch per Handy und denkt dann, wir sind im Club.“

Marko setzte seine Gletscherbrille ab und

begann auf einem der Bügel herumzuknabbern.

„Hast du etwa keine Lust?“, wollte Jennifer wissen.

„Schon“, sagte er und überlegte.

„Ist doch eine gute Idee!“, beharrte die Schwester. „Das musst du doch zugeben.“

Marko begann auf seiner Unterlippe zu kauen.

„Vielleicht fährt auch ein Bus nach Pereta“, meinte Jennifer. „Ich kann mich ja mal erkundigen ...“

„Okay“, sagte Marko schließlich.

Minuten später hatte Jennifer in Erfahrung gebracht, dass es eine Busverbindung gab. Und was die Fahrtdauer betraf, so würden sie sicher lange vor dem Abendessen zurück sein. Sie mussten nur früh genug losfahren.

Der Bus durchquerte die hügelige Landschaft, die von der Sonne vergoldet wurde.

Nach einigen Stationen sahen die Geschwister in der Ferne einen steilen Felsen mit der Ruine einer Festung. Tief darunter drängten sich ein paar Häuser eng zusammen.

„Gleich hält er. Das ist unser Ziel", verkündete Marko nach einem Blick auf seine Uhr.

Minuten später liefen sie durch enge kleine Straßen. Alte Frauen saßen vor den Häusern, strickten und beaufsichtigten ihre Enkel.

„Und nun?", fragte Jennifer spöttisch.

„Wir fragen eben herum. Ich kann ja ein paar Worte Italienisch."

Jennifer lachte. „Na, dann viel Spaß!"

Marko setzte seine Sonnenbrille ab und ging auf eine alte Frau zu, die auf einem Korbstuhl saß.

Mühsam versuchte er, sich verständlich zu machen. Doch die Alte schien nur schwer zu verstehen. Aber immerhin nickte sie schließlich und wies in eine bestimmte Richtung. Mit dem Finger malte sie Häuser und einen Hügel in die Luft.

„Außerhalb?“, fragte Marko.

Die Alte nickte lächelnd. „Montecastello“, sagte sie.

Marko ging zu Jennifer zurück.

„Und? Was hast du rausgefunden?“, fragte seine Schwester.

„Es muss eine Werkstatt geben“, sagte er. „Aber etwas abseits vom Dorf. Da stehen auf einem Hügel drei oder vier Gehöfte. Montecastello soll das Nest heißen.“

„Das hast du alles verstanden?“ Jennifer sah ihn ungläubig an.

Marko schlug sich vor die Stirn. „Wieder null Ahnung, die liebe Jenny! Das hat mir die alte Frau alles durch Zeichen mitgeteilt.“

Jennifer prustete los. „Du willst mich wohl auf den Arm nehmen!“

Marko schaute sie finster an. „O Mann, bist du schwer von Begriff! Wir werden ja sehen ...“

„Sollen wir jetzt etwa die ganze Gegend ablaufen, Marko?"

„Krieg keinen Heulkrampf", erwiderte er gereizt.

Aber Jennifer wollte ja schließlich selbst die Autodiebe finden. Wenn es nur nicht so ätzend heiß wäre!, dachte sie. Laufen war angesagt, Anstrengung. Aber Detektive hatten es nun mal nicht leicht!

„In welche Richtung gehen wir nun?", fragte sie.

Marko stöhnte genervt. „Sie hat nach Süden gezeigt. Du hast es doch gesehen. Aber wer nie richtig hinschaut, kriegt auch nichts mit."

„Oh, Mr. Neunmalklug!", rief seine Schwester mit gespielter Bewunderung.

Sie verließen das Dorf, folgten der Hauptstraße, die an beiden Seiten von Schatten spendenden Zypressen gesäumt wurde. Aber den genossen sie nur wenig. Schweißperlen rannen ihnen in die Augen, denn die Hitze war auch im Schatten groß.

Und dann endlich sahen sie einen felsigen Hügel mit fünf Gehöften. Die einstöckigen Häuser waren aus Naturgestein. Drei von ihnen schienen verfallen. Die vielleicht acht Meter hohen Felsen, auf denen die Gebäude standen, waren mit Büschen bewachsen.

„Montecastello", sagte Jennifer ehrfürchtig.

Sie trabten weiter.

„Da führt ein Feldweg hin", bemerkte das Mädchen. „Aber nur auf der einen Seite. Auf diesem Weg kommt man zu den Häusern."

Marko schlug sich mit der flachen Hand gegen die Stirn. „Und wir spazieren einfach so rein? Da sehen sie uns doch gleich! Wie kann man nur so bescheuert sein!"

„War ja nur ein Vorschlag ...", sagte Jennifer eingeschnappt und begann, nervös auf ihrer Unterlippe herumzukauen. „Und außerdem sind wir Kinder. Die fallen nicht so auf."

„Wir müssen an den Felsen hoch", sagte

Marko. „Da kommen wir unbemerkt nach oben."

Jennifer blickte ihn überrascht an. „Da hoch? Sag mal, spinnst du? Sind wir etwa Bergsteiger?"

Aber Marko verwies auf die Büsche und Felsvorsprünge. Und außerdem würde er ihr helfen, so gut es ging, versprach er gönnerhaft.

„Das schaff ich auch ohne Hilfe!", schimpfte sie. Aber nach wie vor schien ihr die Sache nicht ganz geheuer zu sein, und ihre Miene verdüsterte sich immer mehr, je näher sie den Felsen kamen.

Am Fuß des Hügels angelangt, suchten sie nach einer günstigen Aufstiegsmöglichkeit. Marko fand sie sehr schnell. Regenwasser hatte im Laufe der Jahrhunderte eine schräge Rinne in das Gestein gewaschen. In dieser Rinne konnten sie einen Teil des Aufstieges bewältigen.

Marko kletterte als Erster los. Dabei achtete er immer darauf, dass Jennifer dicht hinter ihm blieb. Er wies sie auf Risse im Fels hin, die man als Tritte nutzen konnte.

„Nicht nach unten gucken!", riet er ihr.

„Schon okay", rief Jennifer und rieb sich mit dem Handrücken den Schweiß von der Stirn. „Bist du etwa mein Kindermädchen?"

„Wenn du so was sagst, bist du noch gut drauf", hörte sie Marko oben lästern.

Jennifer schnaufte genervt. „Ich fühle mich richtig happy! Und bei solchen Fragen erst recht!"

Aber Marko hörte sie nicht, er war schon ein gutes Stück weiter. Wenn uns Andrea sehen könnte!, dachte er. Sie würde uns nie wieder aus dem Club herauslassen! Als er einen kurzen Blick nach unten warf, war er überrascht, wie weit oben sie schon waren. Nun verspürte auch er ein unangenehmes Kribbeln im Bauch.

„Wir sind gleich oben", versuchte er sich und die Schwester aufzumuntern. Da plötzlich rutschte er mit dem Fuß ab und wäre beinahe hinabgestürzt!

„Was soll das“, hörte er Jennifer schimpfen. „Ich hab lauter Dreck ins Gesicht gekriegt. Kannst du nicht aufpassen?“

„Entschuldige“, sagte Marko kleinlaut. Sie ist stinksauer, dachte er, weil sie genauso viel Angst hat wie ich. Die mutige Jenny hat endlich auch mal Bammel! Er wuchtete sich über den Rand des Felsens. Jennifer folgte dicht hinter ihm. Sie legten sich hinter einen kleinen Busch, um zu verschnaufen.

„Das war knapp!“, stellte Jennifer fest.

Mit zusammengekniffenen Augen spähte Marko zu den einstöckigen Gehöften hinüber. Scheinbar menschenleer lagen sie vor ihnen. Es waren fünf Häuser mit Stallungen und Mauern. Die zwei ersten Gebäude mussten unbewohnt sein, denn sie waren teilweise stark beschädigt und die Dächer eingefallen.

„Ein richtiges Geisterdorf“, flüsterte Jennifer.

„Kriegst wohl die Krise?“, erwiderte Marko, schon wieder ganz der Alte. „Wir schleichen uns vorsichtig ran. Das kann doch kein totes Dorf sein."

Dann hörten sie auf einmal Geräusche.

„Da zischt was!", wisperte Marko.

Jennifer ließ ihre Blicke umherschweifen. „Auf dem Hügel hier gibt es wirklich nur einen Zugang, nämlich diesen Feldweg. Sieh doch. Wie kommen wir bloß wieder runter?"

Marko schnaufte genervt durch die Nase. „Na, wieder über die Felsen."

„Was?" Jennifer sah ihn mit weit aufgerissenen Augen an. „Da runter? Wir sind ja kaum hochgekommen!"

Marko grinste breit. „Da bin ich absolut zuversichtlich."

Aber Jennifer begann sich immer unbehaglicher zu fühlen. Keiner weiß, wo wir sind, dachte sie. Wenn wir verunglücken, wer wird uns dann finden? „Soll ich Andrea anrufen?", fragte sie.

„Nachher", winkte Marko ab. „Erst checken wir die Gebäude durch."

Das ferne Zischen blieb. Vorsichtig schlichen sie an den ersten Häusern vorbei. Im Hof standen verrottete Erntegeräte und eine wohl schon seit ewigen Zeiten unbenutzte, große Hundehütte.

„Ein Köter hätte uns jetzt gerade noch gefehlt", knurrte Marko. „Das Ding ist wohl glücklicherweise unbewohnt."

Auch das zweite Gehöft machte einen verlassenen Eindruck. Das Zischen kam offenbar aus dem vierten Gebäude. Doch als sie näher kamen, wurde es plötzlich still. Reglos standen sie an die Wand des dritten Hauses gepresst. Waren sie etwa entdeckt worden? Aber die Dorfstraße schien völlig unbelebt, und an den Fenstern ließ sich kein Mensch blicken.

Aus einem Fenster des vierten Gebäudes wehte ein Stück Gardine. Marko strengte sich an, dort etwas zu erkennen. Blickte jemand hinter der Gardine zu ihnen hin? Oder täuschte er sich?

„Uns hat sicher noch keiner entdeckt",

sagte er laut, um sich selbst Mut zu machen.

Das vierte Gebäude war von einer brüchigen Mauer umgeben.

„Von hier kam das Zischen", flüsterte Marko. „Soll ich erst mal alleine rein?"

„Du bist kein Einzelkämpfer", tadelte Jennifer den Bruder. „Wir sind ein Team!"

Vorsichtig spähte Marko durch eine Ritze zwischen Tor und Mauer in den Hof.

„Was ist denn?", fragte Jennifer ungeduldig.

„Da schlendert ein Typ über den Hof. Der hat einen Arbeitsanzug an. Mit Farbspritzern drauf."

Diese Nachricht beeindruckte Jennifer. „Wir haben sie", flüsterte sie aufgeregt.

„Müssen wir erst noch rausfinden", gab Marko zurück. Vorsichtig öffnete er das Tor. Verbarg sich dahinter ein Hund? Anscheinend nicht. Nur ein weißer Truthahn stolzierte auf dem Hof herum. Als er Marko bemerkte, blähte er sein Federkleid zu einer Kugel auf, ließ seine Lappen rot leuchten und den Nasendorn bedrohlich über den Schnabel hängen. Sein ganzer Körper schien zu beben. Drohend gluckste er herum.

„An dem will ich nicht vorbei", wisperte Jennifer. „Der ist ja schlimmer als ein Wachhund!"

„Ach was!", knurrte Marko. „Der plustert sich nur deshalb auf, weil er Angst vor uns hat. Das ist alles." Er dachte fieberhaft nach. Wenn sie einfach geduckt an der Hauswand entlang zum Schuppen huschten? Nein, zu gefährlich! Zu Jennifer sagte er: „Wir schleichen um das Gehöft herum und klettern von hinten über die Mauer."

Der Warnschrei des Truthahns klang wie ein hämisches Lachen.

„Der hält sich wohl für einen Schäferhund", schimpfte Marko leise. „Los, wir laufen los! Der blöde Truthahn kann uns doch egal sein."

Sie fanden dort, wo der Schuppen an die Mauer grenzte, eine gute Möglichkeit, sie zu ersteigen.

Jennifer schnupperte. „Hier riecht's nach Farbe."

„Du merkst auch alles", witzelte Marko.

Endlich standen sie hinter dem Schuppen. Über ihnen, in einer Höhe, die ihnen keinen Einblick gestattete, erblickten sie ein Fenster.

„Ich nehm dich auf die Schulter", schlug Marko vor. „Und dann versuchst du dich aufzurichten. Okay?"

„Okay", erwiderte Jennifer. Doch es dauerte Minuten, bis sie mit den Füßen auf Markos Schultern stand.

„Was siehst du?", flüsterte Marko aufgeregt.

„Da steht ein Auto, offenbar mit neuer Lackierung."

„Was für ein Modell?"

„Ein Mercedes. Nummernschilder liegen auf einem Tisch." Jennifer griff nach ihrem Fotoapparat.

„Du wackelst zu sehr", knurrte Marko. „Willst du, dass wir umfallen?"

„Ich fotografiere. Wir brauchen schließlich einen Beweis."

„Okay." Marko stöhnte unter der zappelnden Last.

Das wird das Foto des Jahres, dachte Jennifer. Wir kriegen eine Riesenbelohnung!

Plötzlich hörten sie ein Geräusch. Dann sahen sie den Mann. Er war um die vierzig, rundlich und mittelgroß. Mit der rechten Hand fuhr er sich durch sein dunkles Haar. Hinter ihm tauchte ein zweiter Mann auf, schlank und sehr groß. Sein Gesicht war schmal und kantig, seine Augen blickten finster. Auch er trug einen Overall voller Farbflecken.

Erschrocken kletterte Jennifer von Markos Schultern herunter. Die Männer packten sie. Der eine nahm Jennifer sofort den Fotoapparat ab, der andere das Handy. Der große Mann hatte lavendelblaue Augen, schön, aber gefährlich blitzend. Der Kleinere redete schnell und fuchtelte herum. Der Große nickte nur schweigend.

„Das ist ja ein schöner Mist!", zischte Marko. Auf einmal spürte er große Beklemmung.

Die Gesichtszüge des großen Mannes wirkten versteinert, als er Jennifer und Marko am Kragen packte und über den Hof zum Haus führte. Jennifer spürte, wie ihr Mund trocken wurde und ihr Magen sich verkrampfte. Ihre Gedanken rasten. Keiner wusste, wo sie waren, denn Benito und Dania waren ja zwei Tage lang unterwegs. Und Andrea hatten sie nichts gesagt! Das bereute Jennifer jetzt bitter. Aber es nützte alles nichts: Ohne Handy konnten sie keine Hilfe holen!

Die Männer zerrten sie in das Haus, öffneten in einem Raum eine knarrende Falltür und ließen eine Leiter nach unten. Sie bedeuteten den Kindern mit Gesten, dass sie hinabsteigen sollten.

Folgsam kletterten Marko und Jennifer in den dunklen Keller. Die Männer kamen eilig nach und fesselten die Geschwister.

Dann stiegen sie wieder nach oben, zogen die Leiter hinauf und verschlossen den Zugang zum Keller wieder mit der Falltür.

Der Raum war stockdunkel und roch muffig.

„O Mann, ist das ein Hammer!“, entfuhr es Jennifer.

„Ätzend“, stimmte ihr Marko zu.

Schlimmer hätte es wirklich nicht kommen können ...

DIE FLUCHT

„Die Dunkelheit ist das Schrecklichste“, klagte Marko nach einer Weile des Schweigens. „Wir können nur rumsitzen und abwarten.“

Jennifer schimpfte los: „Da würden wir ja aufgeben.“

„Keine Panik auf der Titanic“, sagte Marko.

„Sprücheklopfer!“, schimpfte Jennifer. „Wir müssen jetzt was unternehmen, Marko!“

„Bin ja schon ruhig“, knurrte Marko. Er musste sich eingestehen, dass er mit seinen Ideen am Ende war. Sie waren in einem Raum, den man nur über eine Falltür verlassen konnte. Und die war für die Gefesselten unerreichbar ...

Die Geschwister saßen schweigend im

Dunkel, eine Stunde, oder zwei? Sie hätten es nicht sagen können. Schon hatten sie jegliches Zeitgefühl verloren. Im Raum über ihnen waren immer wieder Schritte zu hören, man vernahm ein Schlurfen, dann laute Flüche.

Und da, ganz unvermittelt, kam Marko eine Idee. „Wir müssen etwas Scharfkantiges suchen, an dem wir die Fesseln durchscheuern können", schlug er vor. „Und wenn wir sie los sind, hauen wir durch die Falltür ab."

Jennifer schwieg hartnäckig. Dann begann sie: „Das ist gar kein dummer Einfall. Offenbar hast du doch mehr als blöde Sprüche im Kopf. Wir suchen uns jeder eine scharfe Stelle an der Wand – vielleicht gibt es Haken oder vorstehende Steine – und reiben die Stricke durch."

Nach einer Weile fand sie tatsächlich einen kleinen Vorsprung in der Mauer. „Ich fang schon an", murmelte sie. Doch den Strick durchzureiben war schwerer, als sie gedacht hatte.

Auch Marko entdeckte eine günstige Stelle, einen rostigen Haken, und begann, seine Fesseln daran zu scheuern.

„Schon fertig?", fragte Jennifer spitz.

„Sonst noch was?", murmelte er wütend. „Du merkst doch selbst, wie schwer das geht!"

„Weiß ich", beteuerte Jennifer. „Ich krieg den Strick auch nicht durch. Aber ich hab eine Idee: Wenn wir es nicht ganz schaffen, nagst du bei mir den Rest der Fasern mit den Zähnen durch. Und ich binde dich dann los."

Manchmal hat sie doch ganz gute Einfälle!, dachte Marko. Er kroch zu ihr hin. „Ich fang also bei dir an", sagte er. Er wartete ihre Antwort nicht ab, sondern begann auf ihren Fesseln herumzukauen, dort, wo die Stricke bereits sehr dünn waren. Trotzdem fand Marko die Beißerei ganz schön anstrengend. Und vor allem war sie eklig! Mehrmals musste er Fasern ausspucken.

Jennifer wollte ihm helfen, indem sie ihre

Hände bewegte, doch damit machte sie alles nur noch schwieriger.

Als die Fesseln endlich von Jennifers Handgelenken abfielen, glaubte Marko, eine Ewigkeit sei vergangen.

„Ein wahres Wunder", seufzte er. „Ich hab schon gedacht, ich pack's nicht mehr!"

„Das hast du klasse hingekriegt, Bruderherz!", lobte Jennifer, ausnahmsweise mal ganz ohne spöttischen Unterton. Sie massierte sich die schmerzenden Handgelenke und rieb die Hände fest aneinander, um die Durchblutung anzuregen.

„Wir dürfen keine Zeit verlieren", mahnte ihr Bruder. „Mach meine Fesseln auf! Los!"

Doch es gelang ihr nicht, so sehr sie sich auch bemühte. „Der Strick ist zu fest", schimpfte sie. „Und außerdem seh ich ja nichts." Ihre Hände tasteten den Fußboden nach einem scharfen Gegenstand ab. Nur fündig wurde sie nicht. Deshalb versuchte sie weiter, die Fesseln mit den bloßen Händen aufzuknoten. Nach mehreren verzweifelten Verrenkungen und nachdem sie Marko unabsichtlich mehrfach gekratzt und gezwickt hatte, waren seine Hände endlich frei.

„Hast du mich vielleicht gequält, Schwesterchen!“, schnaufte Marko.

„Und nun?“, fragte Jennifer unbeeindruckt. „Wie kommen wir jetzt hoch bis zur Falltür?“

„Das ist eine gute Frage“, erwiderte er. Von hier aus konnten sie die Klappe nicht mit den Händen erreichen.

Marko tastete sich durch den Raum. In einer Ecke stieß er mit dem Bein gegen etwas Hartes. Er fluchte. Es war eine Kiste.

Wenn er die genau unter die Falltür schob, sich darauf stellte und Jennifer auf seine Schulter kletterte? Das war doch die Lösung! Aber würde Jennifer es schaffen, ohne das Gleichgewicht zu verlieren? Alles musste ja im Dunkeln geschehen.

Jennifer hörte sich seinen Vorschlag an. Sie war gleich einverstanden.

„Aber wirst du dich auf meiner Schulter auch halten können?", fragte er. „Da musst du schon 'ne richtige Artistin sein."

„Mach ich doch locker", versicherte Jennifer. „Du kennst mich doch. Das ist meine leichteste Übung."

Marko schwieg. Er hatte schon ein wenig Bammel. Schweigend zog er die Holzkiste bis zu der Stelle, wo er die Falltür in der Decke vermutete.

„Du musst dich erst auf meine Schulter setzen", sagte er. „Und ich steige mit dir auf die Kiste. Dann musst du versuchen, dich auf meinen Schultern aufzurichten. Vorhin hast du es ja auch geschafft."

„Klar", meinte Jennifer. „Da war es allerdings hell."

Schon stand er auf der Kiste, und Jennifer versuchte, auf seine Schultern zu klettern.

„Das ist ja ätzend", keuchte sie. Ihre Hände fuhren suchend durch sein Haar.

„Bleib ganz cool!", mahnte er. Nun spürte er ihre Knie auf der Schulter. Mann, ist

Jenny schwer!, dachte er und spürte, wie sie einen Fuß auf seine linke Schulter setzte.

Einen Augenblick lang hielt er den Atem an, denn nun kam das Schwerste: Jennifer musste den anderen Fuß nachziehen und sich aufrichten.

Dann stand sie mit beiden Füßen auf seinen Schultern, hielt sich aber noch an seinem Kopf fest. Nun machte sie sich gerade.

„Ich spüre Holz", flüsterte sie aufgeregt. Ihre Füße bewegten sich. Aber sie stand! Marko versuchte ihr Schwanken auszugleichen.

„Heb die Klappe vorsichtig an", keuchte er. „Aber lass sie sofort wieder runter, wenn du oben Stimmen hörst."

„Für wie blöd hältst du mich eigentlich?", brummte Jennifer.

Marko hörte ein knarzendes Geräusch über seinem Kopf. „Sie lässt sich anheben!", jubelte er.

Ein schwacher Lichtschein fiel in ihr Verlies. Jennifer verharrte reglos und lauschte. „Es ist alles ruhig“, wisperte sie.

„Stoß sie auf!“, flüsterte Marko.

Trotz aller Behutsamkeit schlug die Falltür mit einem hässlichen Poltern auf dem Boden auf. Marko zuckte unwillkürlich zusammen. Jennifer stieg mit einem Fuß auf seinen Kopf, um sich dann keuchend nach oben zu ziehen.

Sie schafft es!, freute er sich. Sie ist oben! Aber wie sollte er nun hinauf?

„Hier ist die Leiter“, hörte er sie flüstern. „Ich lass sie jetzt langsam runter.“

Eine Minute später stand er neben seiner Schwester im dunklen Raum über ihrem vormaligen Gefängnis. „Wir haben alles im Griff“, sagte er zufrieden. „Wir sind felsenstark.“

„Komm, wir müssen los!“, drängte die Schwester.

„Es wird nicht einfach sein, aus dem Haus rauszukommen“, meinte Marko. „Und es ist Nacht, das macht alles noch schwieriger.“

„Aber die Dunkelheit ist doch ein Vorteil für uns“, erwiderte Jennifer. „Die Kerle können uns nicht sehen.“

„Wir sie aber auch nicht“, warf der Bruder ein.

Der Raum, in dem sie sich nun befanden, wurde offenbar nur noch als Lagerplatz genutzt: für Kisten, einen alten Motor und einige Erntegeräte.

Vorsichtig öffnete Marko die Außentür. Wolken überdeckten den Mond, das Dorf lag im Dunkeln. Nur in zwei Häusern brannte Licht. Die Dorfstraße können wir nicht langgehen, dachte er. Da erwischen sie uns sofort.

Sie traten hinaus in die Nacht, zu den Häusern, die unbeleuchtet waren und unbewacht schienen.

„Wohin gehen wir?“, flüsterte Jennifer.

Marko zuckte nur mit den Achseln. Sie erreichten die Gebäude. Zum Teil waren sie bereits verfallen.

Plötzlich hörten sie Schritte, die sich dem

Haus näherten, das sie gerade verlassen hatten. Zornige Rufe waren zu hören.

„Schnell weg!", flüsterte Marko.

Sie liefen weiter, so schnell sie konnten.

„Das ist hier ja ein richtiges Geisterdorf", keuchte Jennifer. „Lauter Ruinen." Marko lauschte angestrengt. Er hörte die Stimmen schimpfender Männer. Die Verfolger schienen schon nahe.

Die Geschwister eilten weiter. An die Steilwand dachte keiner von ihnen. Deshalb erschraken sie, als der Weg plötzlich vor dem Abgrund endete. Gerade noch rechtzeitig wichen die Fliehenden zurück.

„Hier beginnen die Felsen", flüsterte Marko. „Im Dunkeln können wir nicht runter. Der Abstieg wäre lebensgefährlich!"

In der Ferne blitzten Taschenlampen auf.

Da fiel Marko die Hundehütte ein. Sie war außergewöhnlich groß. Vielleicht hatten einmal zwei oder mehr Hunde in ihr gehaust.

„Da müssen wir rein, Jennifer!", zischte er. „Es wird zwar sicher ein bisschen eng, aber es ist Platz genug für uns beide. Die werden hier jedes Haus auf den Kopf stellen. Aber an die Hundehütte denken sie bestimmt nicht!“

Jennifer zögerte. „Da kann Ungeziefer drin sein.“

„Lieber mit Ungeziefer leben, als Verbrechern in die Hände fallen!“

Jennifer seufzte und kroch – da ihr nun mal nichts anderes übrig blieb – in die Hütte, in der verrottetes Stroh und Lumpen lagen. Marko folgte ihr. Aber es war schrecklich eng, sodass die beiden sich kaum rühren konnten.

„Ist doch super“, flüsterte Marko.

„Es kann aber auch genauso gut eine Falle für uns werden“, gab Jennifer zu bedenken.

Marko winkte ab. „Wir müssen zuversichtlich sein.“

Die Stimmen der Männer kamen näher und näher. Die Geschwister saßen eng aneinander gekauert und spähten durch das Eingangsloch der Hütte. Der Lichtstrahl einer Taschenlampe glitt über eins der verfallenen Häuser. Die Männer durchkämmten offenbar systematisch die nähere Umgebung.

„Mist, dass wir nicht verstehen können, was sie sagen", flüsterte Marko Jennifer ins Ohr. „So wissen wir nicht, was sie vorhaben."

„Die geben bestimmt nicht auf", wisperte Jennifer. „Für die steht viel zu viel auf dem Spiel, wenn durch uns ihre Bande auffliegt."

Ein Mann kam ganz dicht an die Hütte heran und blieb minutenlang davor stehen. Offenbar lauschte er. Marko und Jennifer wagten kaum zu atmen. Doch seine Schritte entfernten sich wieder.

Die Typen suchen nun weiter das Dorf ab, dachte Marko. Und es führt ja nur eine Straße hinauf in dieses Nest, und die werden sie gut bewachen. Diesen Fluchtweg können wir also vergessen.

„Wir müssen die Felsen runter", sagte er. „In der Morgendämmerung. Wenn wir schon was sehen können und die hier noch alle schlafen."

„Okay", sagte Jennifer, die seine Gedanken erriet.

„Es gibt Risse im Fels, wo wir vielleicht runterkönnen. Wir müssen es einfach versuchen. Wir sind ja auch hochgekommen", schlug Marko vor.

„Es bleibt uns gar nichts anderes übrig", sagte Jennifer.

Es roch nicht gut in der Hütte, und wer weiß, was hier so alles herumkrabbelte. Aber was half es? Fürs Erste hatte sie die Hundehütte gerettet. Marko merkte, dass Jennifer ruhiger wurde. Sie war wohl eingenickt. Das war gut, denn wer konnte wissen, was ihnen morgen alles bevorstand!

Schaudernd dachte Marko an den Abstieg. In aller Frühe, wenn die ersten Sonnenstrahlen kamen, mussten sie ihn wagen.

Bloß nicht einschlafen, dachte er. Jennifer regte sich nicht mehr. Offenbar schlief sie fest. Er hörte ihren regelmäßigen Atem.

In weiter Ferne vernahm er Stimmen. Die Verbrecher waren wohl noch immer auf der Suche nach ihnen. Sollten sie nur! Je später die Kerle zu Bett gingen, umso später würden sie morgen früh wieder aufwachen.

Es wurde still im Dorf. Nur zwei Hunde bellten. Schließlich fiel Marko in einen unruhigen Schlaf.

Früh am Tag erwachte er. „Jennifer“, flüsterte er der Schwester ins Ohr.

Sie hob den Kopf und rieb verschlafen die Augen.

„Was ist?“

„Wir müssen los“, sagte er leise.

„Bin schon unterwegs“, erwiderte sie.

Marko war überrascht, wie sie von einem Augenblick zum anderen wieder topfit sein konnte. Wir sind wirklich ein starkes Team!, dachte er.

Vorsichtig krochen sie aus der Hundehütte heraus. Die Gelenke taten ihnen weh. Marko reckte sich und spähte nach allen Seiten. Als er sich vergewissert hatte, dass unmittelbar keine Gefahr drohte, lief er los, gefolgt von Jennifer.

Als sie die Steilwand erreicht hatten, suchte Marko mit Adleraugen den Fels ab, bis er gefunden hatte, was er suchte: eine schmale Rinne mit einzelnen Vorsprüngen, an denen die Füße Halt finden konnten.

„Ich geh am besten als Erster", schlug er vor. „Dann kann ich dir von unten zurufen, wie du die Schritte setzen sollst."

Anfangs kamen sie schnell und fast lautlos voran. Aber dann schienen die Vorsprünge und Ritzen im Fels immer weiter auseinander zu liegen. Nur mit den Zehenspitzen ertastete Marko sie und presste seinen Körper dicht an das Gestein.

„Wir haben doch alles im Griff", sagte Jennifer zuversichtlich.

„Nicht nach unten sehen!", riet Marko und führte ihren rechten Fuß zu einem Tritt im Fels.

„Das kann ich auch ohne Hilfe", schimpfte sie leise. „Pass lieber auf dich selbst auf."

Meter um Meter stiegen sie hinab. Endlich standen sie am Fuß des Felsenhügels, erschöpft und froh zugleich.

„Kaum zu glauben, dass wir da lebend runtergekommen sind“, sagte Jennifer, die kopfschüttelnd die Felswand hinaufblickte.

Es wurde rasch heller, und die Morgensonne wärmte sie.

„Wir müssen trampen“, schlug Marko vor. „Damit wir so schnell wie möglich zum Club zurückkommen. Andrea dreht sonst durch.“

„Mit Recht“, meinte Jennifer. „Ich wollte ja anrufen! Es wäre besser gewesen.“

Sie liefen auf der Straße weiter, in Richtung des Dorfes mit dem Kastell auf den Felsen.

„Ein Auto“, freute sich Jennifer und deutete auf ein dunkles Etwas in der Ferne. „Da können wir mit. Wir sind doch echte Glückspilze!“

Es war ein dunkelblauer Lieferwagen.

Jennifer winkte wild. Das Auto hielt, und

zwei Männer stiegen aus. Hämisch grinsten sie die Kinder an.

Marko blieb fast das Herz stehen. Das konnte doch nicht wahr sein!

„So ein Mist!", fluchte er. Es waren die zwei Männer aus Montecastello, vor denen sie geflohen waren!

Marko blickte sich um. Von nirgendwoher konnten er und seine Schwester Hilfe erwarten. Raue Hände packten die beiden und stießen sie in den Innenraum des Lieferwagens.

Wir können nur abwarten, dachte Marko. Er spürte, wie die Kälte in ihm hinaufkroch, sein Magen sich schmerzhaft zusammenzog. Jennifer kauerte schweigend neben ihm, den Kopf in die Hände gestützt.

„Die bringen uns woanders hin", stellte Marko fest. Aber wohin geht die Reise?, fragte er sich verzweifelt. Wir wissen nicht mehr, wo wir sind. Die Toskana ist riesengroß. Er stellte sich eine Landkarte der Gegend hier vor: Da waren Hunderte von kleinen Städten und Dörfern verzeichnet. Wie viele Möglichkeiten gab es hier, entführte Personen zu verstecken!

Je länger sie fuhren, umso weniger würden sie sich orientieren können. Waren sie jetzt am Meer? In den Bergen? Irgendwo auf dem Land?

Es gab undurchdringliche Eichenwälder, unendlich viele kleine Gehöfte, die über das ganze Land verstreut waren. Viele Privatstraßen lagen hinter verschlossenen schmiedeeisernen Toren.

Überall konnte es hingehen. An vielen Orten fanden sich Villen für Feriengäste. Wenn in einer von ihnen nun statt der Feriengäste Verbrecher wohnten? Kein Polizist würde Verdacht schöpfen. Eine Villa und ein Garten mit Lorbeerbäumen und Rosmarinbüschen wirkten gewiss nicht verdächtig ...

Die Entführer konnten die Geschwister aber ebenso gut auf einem Weingut verstecken oder – Marko schauderte bei diesem

Gedanken – in den verfallenen Gängen einer der altertümlichen Grabanlagen, von denen es in der Toskana viele gab. Kein Mensch würde sie je dort finden!

DAS GEFÄNGNIS IM TURM

„Wenn nur die Dunkelheit nicht wäre", seufzte Jennifer. „Nur eine kleine Ritze in der Seitenwand, und wir könnten sehen, wohin wir fahren."

Wieder ging es bergab, offensichtlich auf einer sehr kurvenreichen Straße.

Dann hielt der Wagen. Die Tür zum Innenraum wurde geöffnet, und Licht fiel hinein. Endlich Licht! Der rundliche Mann kroch zu ihnen nach hinten. Er hielt zwei dunkle Tücher in den Händen und grinste.

„Augenbinden", knurrte Marko. „Das ist ja oberfies!"

Der Mann legte zuerst Jennifer die Binde an und dann Marko. Danach half er den beiden aus dem Auto. Aber da, ganz plötzlich, verrutschte Markos Binde. Sofort zog der Mann sie ihm über die Augen. Und doch: Marko hatte genug gesehen, nämlich den Ort, wo man sie sicher hinführen würde. Es war ein viereckiger Turm, der auf einem felsigen Hügel stand, umgeben von einem dichten Pinienwald.

„Ein Turm", stieß Marko zwischen den Zähnen hervor. „Oder vielleicht eine Burg. Ein Kastell, wie man hier sagt."

Einer der Männer legte ihm den Finger auf den Mund. Der Weg ging steil bergauf, die Kinder stolperten mehrmals, wurden aber jedes Mal von ihren Entführern weitergezogen. Dann kamen Stufen.

„Ich will nicht!", rief Jennifer. „Lassen Sie mich los!"

Offenbar trägt sie jetzt einer der Männer, dachte Marko. Ich kann ihre Schritte nicht mehr hören. Schritt für Schritt ging es hinauf. Eine Tür wurde aufgeschlossen, ein rostiges Scharnier knarrte.

Wir sind da, dachte Marko. Wieder hörten die Kinder ein seltsames Geräusch. Eine schwere Falltür wurde wohl geöffnet. Vorsichtig führte ihn der Mann steile Stufen hinab in einen Raum, der modrig roch. Nun nahm er Marko die Augenbinde ab. Sie befanden sich in einem Raum, in den durch eine schmale hohe Öffnung im Mauerwerk ein schwacher Lichtstrahl fiel. Dieses „Fenster“ befand sich in großer Höhe über ihnen.

Der rundliche Mann brachte zwei Becher mit Wasser und einen Teller mit zwei belegten Broten.

Sie fesseln uns nicht, dachte Marko erfreut. Aber offensichtlich ist dieser Raum ausbruchsicher.

An einer Wand stand ein Regal voller Gläser und Büchsen. Marko schüttelte verwundert den Kopf. In einer anderen Ecke entdeckte er alte Kisten.

Jennifer aß eine Schnitte. „Lecker“, versicherte sie seelenruhig. Als sie gegessen und getrunken hatte, meinte sie: „Echt üble Situation, Marko. Es kann eigentlich nur noch besser werden.“

„Vielleicht kommen diese Kerle ja auf die Idee, Lösegeld für uns zu fordern", knurrte Marko.

„Von Mom und Dad? Na toll. Dann können sie ihren Laden dichtmachen."

„Von wem denn sonst?"

Jennifer schwieg und dachte nach. Sicher hatte Andrea die Eltern schon vom Verschwinden der Geschwister benachrichtigt.

„Arme Mama", sagte Jennifer leise. Was würde wohl passieren, wenn erst die Lösegeldforderung kam? Sie hatte schon viele Filme über Entführungen gesehen und auch in der Zeitung über solche Fälle gelesen. Da aber war alles sehr fern gewesen, wie auf einem anderen Planeten. Nie hätte Jennifer gedacht, dass sie selbst einmal Opfer eines solchen Verbrechens werden würde!

„Wie viel werden sie verlangen? Was meinst du?", fragte sie Marko.

„Wahrscheinlich viel mehr, als unsere Eltern jemals zahlen könnten", erwiderte Marko düster.

Aber ging es hier wirklich um ein Lösegeld? Hatten die Kerle nicht vielmehr Angst, die Geschwister würden sie – nachdem sie ja die illegale Werkstatt gefunden hatten – bei der Polizei anzeigen? Nicht auszudenken, was die mit uns anstellen!, dachte Marko.

Minuten vergingen, Stunden.

„Hier kommen wir schwer raus", flüsterte Jennifer. „Das ist echt uncool hier."

Marko blickte hoch zu der schmalen Öffnung im Mauerwerk. „Wenn wir da oben durch diese Öffnung abdüsen?"

„Na, toll! Willst du da etwa runterspringen? Was meinst du, wie hoch das ist? Du bist doch nicht Superman!"

„Mm", brummte Marko.

„Ich habe eine andere Idee", sagte Jennifer. „Wir bräuchten einen Spiegel."

„Einen Spiegel? Wozu denn das?"

„Wir könnten da hoch. Und einer kann von oben Lichtzeichen geben, indem er den Spiegel gegen die Sonne hält."

„Ich krieg einen Lachkrampf!", meckerte Marko. Dann begann er aber doch nachzudenken. Nervös kratzte er sich am Kopf. Schließlich meinte er: „Die Sache hat bloß einen Haken: Wie sollen wir hier an einen Spiegel rankommen?" Er sah sich suchend um. Sein Blick fiel auf das Regal, in dem die Gläser standen.

„Vielleicht tut's ja auch eine Scherbe ...", sagte Jennifer.

„Okay, Miss Marple", spottete Marko. „Da kannst du suchen, bis du schwarz wirst."

Da vernahmen sie ein Geräusch. Die Falltür öffnete sich. Der rundliche Mann winkte ihnen zu, ihm zu folgen. Langsam stiegen sie die Stufen hinauf.

Die Geschwister mussten an einem alten Holztisch Platz nehmen. Ihnen gegenüber saß ein Fremder, dessen Gesichtszüge sie nicht erkennen konnten, weil der Schein einer Lampe sie blendete.

„Warum habt ihr uns nachspioniert?", fragte der Mann am Tisch in fehlerfreiem Deutsch.

„Nur so?", sagte Marko.

„Nur so?", fragte der Mann in schneidendem Ton. „Was heißt das?"

„Wir haben einfach nur die Landschaft erkundet. Aus reiner Neugier. Und meine Schwester fotografiert immer alles."

Der Mann lachte schallend. „Hältst uns wohl für dumm, was?"

Ich muss versuchen, sie zu überlisten, dachte Marko. Ich muss mich blöd stellen.

„Was hattet ihr vor?", bohrte der Mann weiter.

„Ach, die Häuser auf dem Hügel wirkten so geheimnisvoll. Wir dachten, da gäb's vielleicht eine alte Burgruine oder so was."

„Und warum habt ihr das Auto fotografiert?"

„Hab ich doch schon gesagt: Meine Schwester fotografiert einfach alles."

„Dio mio, Autos kann man überall fotografieren!"

„Aber der Lack glänzte so schön." Marko warf einen verstohlenen Blick hinüber zu Jennifer. Hoffentlich merkte sie, worauf er hinauswollte!

Das macht er ganz cool, dachte Jennifer, wie er versucht, diese Typen auszutricksen. Vielleicht klappt's ja. Sehr schlau sehen die mir jedenfalls nicht gerade aus ...

„Wer wusste, dass ihr hierher unterwegs wart?"

„Keiner", platzte Marko heraus. Doch er bereute diese Antwort sofort. Wie kann man nur so dumm sein!, ärgerte er sich. Jetzt wissen sie genau, dass uns keiner helfen kann!

Das war ein schwerer Fehler von Marko, dachte Jennifer.

Die Männer flüsterten miteinander. Marko versuchte, wenigstens ein paar Brocken aufzuschnappen. Das Einzige, was er heraushören konnte, war, dass die Entführer sich uneins waren, was nun mit ihnen beiden geschehen sollte.

„Was haben sie gesagt?", flüsterte Jennifer.

Marko zuckte mit den Schultern.

Plötzlich schwiegen die Männer. Marko war alarmiert. Was passierte jetzt? Einer der Männer begann zu rauchen. Offenbar schien er nachzudenken. Der andere verließ den Raum.

Die Kinder saßen regungslos auf ihren Stühlen und warteten.

Marko glaubte, den Atem des Mannes in der Stille hören zu können. Wir sitzen in der Falle, dachte er. Insgeheim hoffte er jedoch, dass er die Männer von seiner und Jennifers „Harmlosigkeit" hatte überzeugen können.

Sein Gegenüber räusperte sich und schwieg beharrlich weiter. Sein Komplize kam kurz darauf zurück und führte die Geschwister in ihr Gefängnis zurück. Aber er kam wenigstens noch einmal mit einem Tablett wieder, auf dem zwei Becher mit Wasser und zwei Teller mit belegten Schnitten waren. Heißhungrig stürzten sich Jennifer und Marko auf die ersehnte Mahlzeit.

DER GEHEIMGANG

„Mit vollem Magen und ohne Durst fühlt man sich doch wesentlich besser", begann Jennifer nach der Mahlzeit.

Marko hatte sich erhoben und begann, auf und ab zu gehen. „Aua!", rief er plötzlich unwirsch, als er sich das Schienbein an einer Holzkiste anstieß.

„Was ist los?", wollte Jennifer wissen.

„Blöde Kisten!", knurrte Marko wütend. Dann lauschte er eine Weile. Aber im Raum über ihnen regte sich nichts.

„Die müssen weg sein", vermutete er. Aber da hörte er schon wieder schwere Männerschritte und das Einschnappen eines Türschlosses.

„Hier riecht's modrig, richtig eklig!", maulte Jennifer.

Marko begann die Wände abzutasten.

„Was tust du?"

„Ich such nach einem Geheimgang. Ich hab das mal in einem Film gesehen."

„Einen Geheimgang?", fragte Jennifer spöttisch. „Du meinst wohl, im Leben klappt alles so wie im Film!"

Aber Marko ließ sich nicht beirren. Sorgfältig tastete er das Regal ab. Als er zwischen Gläsern zur Wand hindurchreichte, spürte er Holz.

„Hinter dem Regal ist eine Tür", stellte er mit Genugtuung fest.

„Vielleicht doch ein Geheimgang ...", wisperte Jennifer aufgeregt und trat hinzu. „Wie kommen wir an die Tür ran?", fragte sie.

„Wir räumen die Gläser raus und schieben das Regal zur Seite. Aber leise, die da oben dürfen uns nicht hören!"

„Aber der Gang könnte von draußen verschlossen sein. Durch einen Felsblock zum Beispiel."

„Totaler Quatsch, Jennifer. Ein Geheimgang bleibt immer offen. Darin liegt doch sein Zweck: Dass man ihn jederzeit benutzen kann.“

„Ich will dir ja gerne glauben“, meinte Jennifer. „Aber ich habe das Gefühl, dass unsere Entführer echte Profis sind. Die sind doch nicht so blöd, uns einen Fluchtweg offen zu lassen!“

„Seh ich nicht so. Durch den Gang können sie auch selbst abhauen, wenn die Polizei hier überraschend auftauchen sollte.“

„Okay, du hast mich überzeugt. Also, los, an die Arbeit!“

Nun räumten sie Glas für Glas aus dem Regal; dabei hielten sie immer wieder inne und lauschten. Als sie fertig waren, rückten sie das Möbelstück mit vereinten Kräften etwas zur Seite. Eine dicke, eisenbeschlagene Holztür kam zum Vorschein.

„Da ist ein Riegel!“, jubelte Marko. „Die Tür ist sicher nur von innen versperrt.“

Vorsichtig rüttelte Marko an dem Eisenteil. „Rost“, knurrte er ärgerlich. „Der Riegel klemmt.“

„Leiser!“, mahnte Jennifer. „Wenn die Typen was hören, machen sie bestimmt die Falltür auf.“

Oben ist jetzt keiner, dachte er und rüttelte heftiger. Plötzlich ließ sich der Riegel bewegen, Zentimeter um Zentimeter. Vorsichtig öffnete Marko die Tür, tastete sich weiter in die Dunkelheit hinein.

„Ein Gang“, triumphierte er. „Wir haben einen Gang gefunden!“

„Der Geheimgang“, kam es andächtig von Jennifer. „Das ist total irre.“

Mit der linken Hand tastete sich Marko an der Wand entlang, mit der rechten zog er Jennifer nach.

Ein flatterndes Geräusch ließ sie zusammenzucken.

Fledermäuse!, dachte Marko. Wo die sind, gibt es auch eine Öffnung nach draußen.

Eine Ewigkeit lang schienen sie sich

vorwärts zu tasten. Große Steine und sogar einzelne Felsbrocken lagen im Gang. Wenn der Gang bloß nicht eingestürzt oder zugeschüttet ist!, dachte Marko erschrocken.

Feiner Staub rieselte auf die Kinder herab. Marko verspürte einen leichten Luftzug an seinem Ohr.

Jennifer berührte von hinten seine Schultern. „Hier ist was Unheimliches, Marko. Hier fliegt etwas rum. Merkst du nichts?"

„Das sind doch bloß Fledermäuse", sagte Marko und tastete sich weiter vorwärts. „Die tun uns bestimmt nichts."

Bald sahen die beiden einen Lichtschimmer.

„Der Ausgang", triumphierte Jennifer. Minuten später krochen sie aus der Höhle, hinein in einen dichten, undurchdringlichen Buschwald aus wilden Lorbeer- und Erdbeerbäumen und dichtem Gestrüpp, das ihnen Gesichter und Hände zerkratzte. Und doch atmeten sie jetzt befreit auf.

Dann liefen sie unter den Feigenbäumen weiter, deren Blätter sich raschelnd im Wind bewegten. Wo waren sie? Wohin konnten sie laufen? Sie verharrten im Schatten einer hoch gewachsenen Schirmpinie und lauschten. War ihre Flucht bereits entdeckt worden? Wenig später hörten sie das Bellen eines Hundes.

„Sie kommen“, entfuhr es Jennifer. „Diese blöden Typen haben unsere Flucht schon bemerkt.“

„Keine Panik auf der Titanic“, sagte Marko. Aber seine Stimme klang nicht cool, sie zitterte. Wo konnten sie jetzt Hilfe finden? „Wir könnten zum nächsten Ort laufen“, riet er.

„Zu weit“, erwiderte Jennifer. „Das schaffen wir nicht mehr.“

In der Ferne sahen sie ein von Zypressen umstandenes Gehöft auf einem Hügel, auf dessen Hängen Schafe weideten.

„Da sind sicher Menschen, die uns helfen können“, meinte Jennifer.

Marko winkte ab. „Ehe wir dort sind, haben sie uns schon erwischt."

Und als hätte Marko sie durch seine Worte erst herbeigerufen, tauchten in diesem Augenblick die beiden Entführer mit einem schwarzen Schäferhund auf, der wild an der Leine zerrte, die Nase schnuppernd am Boden. Einer der Männer deutete auf die beiden Kinder.

Wohin sollten sie jetzt fliehen? Vor ihnen lag ein Meer aus dunkelgrünen Weinstöcken.

„Nichts wie rein!", rief Jennifer und zerrte Marko mit sich.

Die Weinstockreihen trennten jeweils schmale Gassen aus brauner Erde, die wie Wege den Hügel hinaufführten.

„Diese zwei Kaktusköpfe können uns doch laufen sehen!", keuchte Marko.

Und in der Tat kamen die Verfolger schnell näher.

Die Kinder liefen nun aus dem Weinberg heraus, um Deckung zu suchen. In der Ferne sahen sie einen Olivenhain und rannten weiter. Sie sprangen über ein ausgetrocknetes Bachbett, an dem große Weidenbäume standen. In der einen Weide war ein gewaltiges Loch. Aber noch ehe sie sich in ihrem Stamm verbergen konnten, sahen sie nur noch wenige Meter entfernt die Männer und den Hund.

„Weiter", keuchte Jennifer.

Doch Marko war am Ende seiner Kräfte. „Ich kann nicht schneller", keuchte er.

Plötzlich spürte Marko eine Hand, die ihn am Nacken fasste. Der Hund schnappte nach seinem Fuß, wurde aber von seinem Herrn mit einem Tritt verjagt.

Marko und Jennifer blieb nichts anderes übrig, als den Männern wieder zum Kastell zu folgen.

GROSSFAHNDUNG

Marko erwachte, aber sein Herz schlug noch so wild wie im gerade vergangenen Albtraum. In diesem Traum hatte er sich mit Jennifer aus dem Turmfenster abseilen wollen und war schreiend mit ihr in die Tiefe gestürzt.

„Was ist denn?“, sagte Jennifer leise. „Warum rufst du mich?“

Erschrocken blickte er sie an. Genau wie im Traum fiel das Mondlicht durchs Fenster. Aber Jennifer war hier bei ihm, heil und gesund.

„Mann, bin ich froh, dass dir nichts passiert ist!“, seufzte er.

Jennifer blickte ihn kopfschüttelnd an. „Sag mal, spinnst du, Marko? Hast du etwa einen Gefängniskoller?“

„Schon okay", knurrte er. „Ich hab nur schlecht geträumt, Schwesterchen."

Marko ließ den Blick durch den Raum schweifen. Seit sie den Geheimgang verschlossen haben, sitzen wir in einer Mausefalle, dachte er. Wer konnte sie retten? Wer sollte sie finden?

Ihre einzige Hoffnung waren Dania und Benito. Sie wussten von Pereta, Benito selbst hatte den Ort ja für sie herausgefunden. Aber die Werkstatt lag abseits! Und selbst wenn die Polizei sie fand, wie sollte sie von dort zu diesem geheimnisvollen Kastell finden?

So verrannen Minuten, Stunden. Eine lähmende Hitze verbreitete sich in dem sonst so kühlen Gemäuer. Die Geschwister bekamen entsetzlichen Durst. Wann würden die Männer ihnen wieder Wasser bringen?

Jennifer hatte sich erhoben und durchsuchte systematisch jeden Winkel des Raums.

„Was suchst du?“, fragte Marko erstaunt.

„Einen Spiegel.“

„Hier ist doch keiner!“

Aber Jennifer ließ sich nicht von ihrem Vorhaben abbringen. Sie durchsuchte vorsichtig einen kleinen Haufen aus Schutt und Staub am Boden. „Da!“, triumphierte sie.

Marko war aufgesprungen. „Was hast du?“

„Eine Scherbe. Von einem Spiegel. Nicht groß. Aber damit wird mein Plan klappen.“ Sie hob die Scherbe in die Höhe. „Einer von uns muss zu diesem Fenster hoch“, fuhr sie fort.

„Mm“, brummte Marko und deutete auf die Kisten in der Ecke.

Jennifer begann die Kisten übereinander zu stapeln.

„Ob die mein Gewicht aushalten“, sagte Marko zweifelnd.

„Ich bin leichter“, meinte Jennifer. „Ich klettere hoch.“ Vorsichtig begann sie, den Berg aus Kisten zu ersteigen, ohne Markos Antwort abzuwarten.

„Eine wacklige Angelegenheit“, keuchte sie.

„Ich fang dich auf, wenn du fällst“, sagte Marko.

Jennifer stand nun auf der obersten Kiste. Vorsichtig griff sie zum Rand des Fensters.

„Stell die Füße auf irgendeinen vorspringenden Stein“, riet Marko. „Da muss was sein.“

„Okay“, kam es von Jennifer. Ihre Finger hielten sich am Rand der Maueröffnung fest. Ihr rechter Fuß tastete nach einem Vorsprung im Gemäuer. Sie zog sich nach oben.

„Geschafft“, rief sie nach unten.

Sie hockte nun in der schmalen Öffnung. Von hier konnte sie weit in das Land sehen: Hügel, Gehöfte, Pinien, Zypressen, Weinberge lagen vor ihr. Sie hielt die Spiegelscherbe in die Sonne.

„Was ist?“, wollte Marko wissen.

„Hab doch erst angefangen“, sagte Jennifer.

In der Ferne entdeckte Jennifer auf dem Feld einen Bauern. Wenn er die Lichtblitze sieht, dachte sie, muss er doch aufmerksam werden!

Geduldig blinkte sie weiter, obwohl ihr wegen der unbequemen Haltung schon der Rücken wehtat. Einmal glaubte sie, der Mann habe tatsächlich kurz von der Feldarbeit aufgeblickt und in ihre Richtung geschaut.

Dann wurde sie jäh unterbrochen, als Marko rief: „Achtung! Ich höre Schritte!"

„Ich komm wieder runter", ächzte Jennifer. Sie rutschte an dem glatten Stein ab und fiel über die Kisten. Marko schob die Teile, so schnell er konnte, in ihre alte Position zurück.

Dann hockten sich beide Geschwister wieder an die Wand und horchten.

„Hast du dir wehgetan?", flüsterte Marko.

„Nee, das gibt bloß ein paar blaue Flecke."

Die Schritte entfernten sich wieder.

„Schwein gehabt“, flüsterte Marko. „Stell dir vor, die wären gekommen, als du gerade dort oben gehangen hast!“

Jennifer aber war nun etwas ruhiger: „Ich glaube, der Mann auf dem Feld hat mich gesehen. Es muss ihm doch komisch vorkommen, wenn aus einem alten Turm Lichtsignale zu sehen sind! Vielleicht alarmiert er ja die Polizei ... Schlimm wäre nur, wenn die Kerle uns in ein anderes Versteck bringen würden.“

„Warum sollten sie uns wegschaffen?“, meinte Marko. „Dieser Turm hier ist doch ein bombensicheres Versteck!“

„War Montecastello auch. Oder?“

Da musste Marko der Schwester Recht geben. Diese Typen hatten offensichtlich verschiedene Verstecke. Sie waren wirklich gerissen!

Wieder hörten sie Schritte über sich.

Einmal wurde die Falltür angehoben. Ein Mann blickte forschend zu ihnen hinab. Hatte er etwas bemerkt?

„Wir können jetzt nichts mehr tun“, flüsterte Marko.

Schweigend kauerten die Geschwister nebeneinander.

Die Nacht war angebrochen. Auf dem schmalen Sims des Fensters hockte plötzlich eine Taube. Ihr leises Gurren war das einzige Geräusch in der Stille des Kastells. Traurig blickte Marko zu ihr hinauf. Wenn er doch nur eine Nachricht durch sie übermitteln könnte! Aber das war bestimmt keine Brieftaube ... Die Taube gurrte und flog dann wieder davon, hinaus in die sternenklare Nacht.

Vielleicht suchte die Polizei sie schon in ganz Italien?, dachte Marko. Andrea hatte ihn und Jennifer sicher schon als vermisst gemeldet. Markos Hand tastete nach Jennifers Hand, die Schwester war auch wach.

„Wenn ich an Mom und Dad denke ...“, seufzte sie. „Sie tun mir Leid. Die müssen total fertig sein.“

Sie schwiegen. Nach einer Weile meinte Jennifer: „Wirklich schrecklich, so tatenlos hier herumzuhocken. Dein Traum mit dem Seil hat mich auf eine Idee gebracht ... Wir können zumindest mal versuchen, ein stabiles Seil zu knüpfen. Vielleicht finden wir in einer der Kisten ja ein paar alte Bettlaken. Die könnten wir zerreißen und die einzelnen Stücke dann zusammenknoten."

Glücklicherweise entdeckten sie eine alte Decke.

„Wir müssen sie in Streifen schneiden", sagte Jennifer.

Da sie weder Schere noch Messer hatten, musste eine scharfe Mauerkante als Schneidewerkzeug herhalten.

Das Ganze stellte sich als anstrengende Arbeit heraus. Die Decke war viel dicker und fester als ein Laken und ließ sich deshalb nur mit viel Kraftaufwand durchtrennen. Als die Geschwister gerade mal einen Streifen abgerissen hatten, stand ihnen schon der Schweiß auf der Stirn.

Marko meinte: „Ich glaub nicht, dass sich die Plackerei lohnt. Es ist doch viel zu gefährlich, wenn wir uns von diesem hohen Turm abseilen. Ich muss immer an meinen Traum denken ..."

„Jetzt werd nicht kindisch", erwiderte Jennifer. „Wir müssen alles versuchen, hier rauszukommen! Bis Hilfe kommt, kann es schon zu spät für uns sein."

„Sei mal still!", flüsterte Marko plötzlich.

„Was ist denn?", fragte Jennifer.

Beide standen reglos und lauschten.

„War wohl nichts", sagte Marko.

„Kommt wohl davon, dass du deine Gletscherbrille nicht aufhast", witzelte Jennifer. „In der Brille steckt deine ganze Kraft."

„Ha, ha, ha", konnte Marko nur erwidern.

„Der nächste Streifen kommt", frohlockte Jennifer.

Aber werden die Streifen halten, wenn wir sie zusammenbinden?, dachte Marko. Und wird die Decke überhaupt ausreichen für ein Seil, das lang genug ist? Erneut stutzte er. Waren das nicht Stimmen, Rufe?

Irgendetwas ging draußen vor. Italienische Worte waren zu hören, die wie Befehle klangen. Hatte die Polizei das Versteck doch aufgespürt? Hatte also doch jemand ihre Blinksignale der Polizei gemeldet?

Schritte nahten. Ein Schlüssel wurde im Schloss herumgedreht, die Tür aufgerissen. Im Raum standen zwei Carabinieri!

„Gerettet!“, rief Marko. Er konnte es kaum glauben.

Jennifer rieb sich die Augen, als wäre sie aus einem Traum erwacht.

Vorsichtig führten die italienischen Polizisten die beiden Geschwister aus dem Turm heraus.

„Wir sind doch nicht verletzt!“, wollte Jennifer schon protestieren, aber so viel Italienisch konnte sie nicht.

Im Hof des Kastells warteten Andrea und Dania. Das Mädchen lief auf die Freunde zu und umarmte sie erleichtert.

„Mamma mia", stammelte Marko nur. „Mamma mia. Wie habt ihr uns finden können?"

„Erst wussten wir gar nichts", sprudelte Andrea los. „Es war grässlich! Dann kam Dania in den Club und erzählte mir von diesem Dorf, das euch Benito genannt hatte, und von dem Typ auf dem Foto. Mann, war das ein Volltreffer für die Polizei! Sie hat in der Nähe dieses Dorfes eine illegale Werkstatt aufgespürt, wo man geklaute Nobelkarossen umspritzte. Und bei der Vernehmung fiel der Name Montecastello. Dort haben sie etwas gefunden, was eure Anwesenheit in einem der Häuser eindeutig verriet. Die Carabinieri haben es gleich mitgebracht ..." Andrea holte tief Luft: „Und nun kommt das Beste: Ein Bauer hat auf einem Feld in der Nähe ein seltsames Blinken im Turmfenster gesehen. Leider hat er die Beobachtung erst in der Nacht gemeldet. Aber die Carabinieri haben sofort reagiert. Das Ergebnis seht ihr ja. Ganz Italien kennt inzwischen eure Namen! Durch euch hat die italienische Polizei einen ganzen Schieberring ausgehoben. Ich bin wahnsinnig stolz auf euch. Echt stolz."

„Das Blinken war übrigens meine Idee", sagte Jennifer stolz.

Zwei Journalisten schossen aufgeregt Fotos.

„Stellt euch mal zusammen!", riefen sie Marko und Jennifer zu. „Ihr werdet morgen ganz groß in die Zeitungen kommen."

„Pech für dich", sagte Jennifer zu Marko. „Nun sehen dich die Italiener ohne Gletscherbrille."

Ein Polizeioffizier kam auf Marko und Jennifer zu. Er hielt Jennifers Fotoapparat in der Hand. Den hatten die Beamten in Montecastello gefunden. Er war der Hinweis darauf gewesen, dass die Geschwister dort gefangen waren.

Jennifer strahlte und bedankte sich.

Mamma mia, dachte Marko. Jetzt werden wir wirklich noch berühmt!

CLUB PARADISO

Günter Huth

Club Paradiso
(Band 1)
Entführung
auf See

G. R. Cappello

Club Paradiso
(Band 2)
Das Amulett
des Sonnen-
gottes

Jan Flieger

Club Paradiso
(Band 3)
Das Labyrinth in
den Klippen

COMPUTERKIDS
auf heißer Spur

SERIE
VON THOMAS FEIBEL

Computer-Kids
(Band 1)
Chaos im Hightech-Park

Computer-Kids
(Band 2)
Bankräuber im Netz

Computer-Kids (Band 3)
Cybergold City

Computer-Kids (Band 4)
Spione im Spiel

Computer-Kids (Band 5)
Die Jahrtausend-Falle